Wolfgang Schweiger · Kein Job für eine Dame

WOLFGANG SCHWEIGER

Kein Job für eine Dame

EIN CLAUDIA-CASPARY-KRIMI

HAFFMANS VERLAG

Erstausgabe

Veröffentlicht als
Haffmans-Kriminalroman Nr. 117, Sommer 1999
Umschlagbild von Nikolaus Heidelbach

Gesamtherstellung: Ebner Ulm
ISBN 3 251 30117 9

1.

Ich brauchte fast den gesamten Nachmittag, bis ich das beschriebene Haus endlich fand. Es war der letzte Bungalow links in einer Sackgasse, umgeben von einem weitläufigen, ungepflegten Gartengrundstück. Gleich dahinter verlief die S-Bahn-Linie nach Freising, parallel dazu ein Fahrradweg. Vor dem geschlossenen Garagentor standen zwei Autos: ein Ferrari und ein Jeep Cherokee. Ich parkte hinter dem Jeep ein, notierte mir rasch die Kennzeichen der beiden Fahrzeuge. Der Ferrari hatte eine Berliner Nummer, der Geländewagen kam aus Ungarn. Mir wurde nun doch etwas mulmig zumute. Pornofilme zu drehen, war zwar längst kein allzu anrüchiges Gewerbe mehr, aber war es dabei auch geblieben? Ich öffnete meine Handtasche, warf einen Blick auf meinen Revolver. In der Tasche war das Ding natürlich nicht viel wert, aber wo zum Teufel sollte ich sonst damit hin? Unter die Bluse in den Hosenbund? Ich stieg aus und wandte mich der Haustür zu, begleitet vom nächsten Regenschauer.

Kein Namensschild.

Ich drückte kräftig auf den abgewetzten Klingelknopf und wartete. Das winzige Vordach bot kaum Schutz, aber zum Glück war die Luft noch spätsommerlich mild.

Die Frau, die mir öffnete, war um die Vierzig, stark übergewichtig und roch nach Likör. Sie trug einen marineblauen, schlecht sitzenden Hosenanzug mit riesigen Messingknöpfen. Sie blickte mich finster an. Irgendwo im Haus lief ein Fernseher, mit viel Geklatsche und Gelächter.

»Na endlich, wir haben schon gedacht, Sie kommen nicht mehr.« Ihre Stimme war heiser, leicht verschwommen und hatte einen österreichischen Akzent.

Na servus, dachte ich, das fängt ja gut an. »Ich hab mich ein paarmal verfahren«, erwiderte ich.

»Und das mit den Anfang Dreißig, das war auch ein Scherz, oder?«

»So, finden Sie . . . ?«

»Und war nicht ausgemacht, daß Sie das Klump, das Sie brauchen, auch mitbringen?«

Genug des üblen Spiels! Ich war definitiv an der richtigen Adresse, das reichte. Was mir sonst noch an Nettigkeiten zugedacht war, wollte ich gar nicht mehr wissen. Außerdem war mein Rücken inzwischen klatschnaß. »Mein Name ist Claudia Caspary«, sagte ich. »Ich weiß nicht, wen Sie erwartet haben, aber ich bin Privatdetektivin und würde Sie gern sprechen. Oder wer immer hier wohnt.«

»Was sind Sie? Ein Detektiv?« Ihre Augen verengten sich.

»Ja. Ich hab sogar einen Ausweis . . .«

»Ich glaube, da haben Sie sich in der Hausnummer geirrt«, sagte sie, schon im Begriff, die Tür wieder zuzuschlagen.

»Das glaube ich weniger. Aber Sie haben natürlich die Wahl: Sie können mit mir reden oder mit der Polizei.« Ein Satz, der so gut wie immer Wirkung zeigte.

Sie zog die Tür wieder auf. »Reden? Über was denn?«

Ich klopfte auf meine Tasche. »Ich möchte Ihnen nur ein Foto zeigen und ein paar Fragen dazu stellen, mehr nicht . . . Aber wenn's geht, nicht gerade hier draußen.« Ich schüttelte ihr ein paar Regentropfen ins aufgedunsene Gesicht.

»Na schön, kommen Sie rein. Aber nur für eine Minute, klar.« Die Frau trat zurück, und ich schlüpfte an ihr vorbei ins Wohnzimmer. Der Raum war spärlich möbliert, Fernseher, Couchgarnitur, Glastisch, wobei jede persönliche Note fehlte. Nirgendwo ein Bild, eine Pflanze, ein Mitbringsel von wo auch immer. Auf dem Tisch standen eine fast leere Flasche Ramazotti, eine Pakkung Orangensaft und zwei Gläser. Zigaretten der Marke Miami und ein paar Frauenzeitschriften der Sorte Gaga lagen auch herum. Das war kein Wohnzimmer, das war ein Wartezimmer.

Zwei Türen gingen ab, eine in die Küche, eine zweite, geschlossene, zum hinteren Teil des Hauses. Ich setzte mich unaufgefordert auf die Couch, griff nach der Fernbedienung und brachte einen der üblichen TV-Schreihälse zum Schweigen. Ich horchte kurz, ob sich hinter der geschlossenen Tür etwas tat, aber nichts. Nur das Schnaufen meiner Gastgeberin war zu hören. Ich öffnete meine Tasche, zog Bettinas Foto raus und hielt es der Frau entgegen. Sie nahm es mit spitzen Fingern, ließ sich mir gegenüber in den Sessel fallen.

»Was soll ich damit?« fragte sie dann, ohne mich dabei anzusehen. »Ich kenne dieses Mädchen nicht.«

»Aber sie war hier, hier in diesem Haus«, erwiderte ich. »Vorletztes Wochenende.«

»Wer sagt das?«

»Eine Freundin von ihr. Die auch schon mal in dieser Branche tätig war.«

Sie blickte auf. »Was für eine Branche denn?« gluckste sie.

»Hören Sie schon auf mit dem Theater«, sagte ich. »Sie wissen genau, von was die Rede ist. Eben wollten Sie mich doch noch engagieren, oder? Für Probeaufnahmen, nehme ich an. Oder geht's bei Ihnen gleich zur Sache? Aber egal, das interessiert mich alles nicht, im Gegenteil ... Sehen Sie, ich halte Pornographie weder für gefährlich noch für verwerflich, solange alle Beteiligten erwachsen sind und ihren Spaß daran haben. Aber dieses Mädchen hier ist vor sechs Wochen von zu Hause abgehauen, und kein Mensch weiß im Augenblick, wo sie steckt oder wie es ihr geht.«

»Sie sollen die Kleine also zurückholen?«

»Nicht unbedingt. Ihre Eltern wollen in erster Linie nur wissen, ob sie okay ist.«

»Und wenn nicht?«

»Wenn nicht, hab ich freie Hand . . .«

Aus der Küche waren Schritte zu hören. Gleich darauf stand ein Mann in der Tür, groß, kräftig, ungefähr fünfzig. Sein dichtes, graues Haar war straff nach hinten gekämmt und fiel ihm tief in den Nacken. Seine Haut, soweit sichtbar, war tief sonnengebräunt. Er war bekleidet mit einem Jeanshemd, einer leichten Baumwollhose und braunen Slippern. Dazu schleppte er jede Menge Schmuck mit sich herum. Ein Späthippie, der unter die Zuhälter gefallen war! Er zeigte mit dem Finger auf mich.

»Sie wollen also behaupten, in diesem Haus werden Pornofilme gedreht?« sagte er.

Ich nickte. »Immer noch besser, als wenn ich behaupten würde, in diesem Haus sei die Cholera ausgebrochen, finden Sie nicht?«

»Haben Sie dafür auch Zeugen?«

»Nicht direkt . . . Ich gebe nur weiter, was ich aus zuverlässiger Quelle erfahren habe.«

»Hat diese Informationsquelle zufällig auch einen Namen?«

»Tut mir leid, Berufsgeheimnis.« Ich konnte ihm schlecht sagen, wie dürftig meine Informationen in Wirklichkeit waren; Auskünfte einer drogenabhängigen Prostituierten, die sich mit Bettina ein paar Tage lang ein versifftes Pensionszimmer geteilt hatte. Die zudem Bettina überreden wollte, ebenfalls anschaffen zu gehen. Und als Bettina ablehnte, ihr angeblich diesen Job hier vermittelte. Die mir aber nicht mal die genaue Adresse sagen konnte, nur die ungefähre Gegend. Und eben, daß im Garten ein paar Skulpturen herumstehen würden, Löwenköpfe und so.

Der Grauhaarige stellte sich hinter den Sessel der Frau, die Ellbogen auf die Rückenlehne gestützt, und studierte mit sorgsam gerunzelter Stirn das Foto.

»Darf ich fragen, wie alt die junge Dame ist?«

»Sie wurde vorigen Monat achtzehn«, erwiderte ich.

»Dann kann sie doch tun und lassen, was sie will.«

»Genau davon will ich mich ja überzeugen.«

»Verstehe ...« Er fixierte mich erneut. »Eigenartiger Job, den Sie da haben!«

»Finden Sie?«

»Schon mal überlegt, ob es nicht angenehmere Methoden gibt, seine Brötchen zu verdienen?«

»Sie meinen, so wie die Dame, die Sie erwarten?«

»Warum nicht? Frauen in Ihrem Alter sind im Augenblick der absolute Renner. Sex wie aus dem Leben gegriffen, verstehen Sie. Wir verpassen Ihnen ein schwarzes Lederkostüm, geben Ihrem Gesicht ein bißchen mehr Farbe, setzen Sie dann in ein Büro, und Sie vernaschen einen Büroboten nach dem anderen, ob männlich oder weiblich. Was halten Sie davon?«

»Klingt so, als könnte ich gleich antreten.«

»Wir sind auf alles vorbereitet ...«

Ich deutete auf das Foto, das inzwischen im Schoß der Frau gelandet war.

»Erst sagen Sie mir, ob dieses Mädchen hier war, und wenn ja, wo sie sich inzwischen aufhalten könnte?«

Bevor er antworten konnte, ging die Tür nach hinten auf, und ein sehr hübsches, vielleicht elfjähriges Mädchen guckte mit verwirrtem Gesichtsausdruck erst zu dem Grauhaarigen, dann zu mir. Die Kleine trug ein bunt gestreiftes Männerhemd, das ihr bis weit unter die Knie reichte und das eigentlich schon genug aussagte. Die Reitstiefel und die grell geschminkten Lippen wären gar nicht mehr nötig gewesen.

Die Frau in Blau fuhr hoch und war im nächsten Augenblick zusammen mit dem Mädchen hinter der Tür verschwunden.

»Unsere Tochter«, erklärte der Grauhaarige und lächelte angestrengt dazu. »Sie macht sich manchmal den Spaß und probiert alles aus, was ihr in die Finger gerät. Wie Kinder eben so sind.«

Ich nickte. »Natürlich ... Sie können mir also nicht weiterhelfen?« Ich stand auf, klaubte das Foto vom Boden auf.

»Sie war definitiv nicht hier, tut mir leid ... Aber ich könnte ein paar Leute anrufen, vielleicht wissen die was.«

»Prima.« Ich griff nach meiner Tasche. »Dann gebe ich Ihnen jetzt meine Karte und erwarte dann Ihren Anruf, einverstanden?«

»Setzen Sie sich ... Adolf.«

»Was?«

Der Grauhaarige blickte an mir vorbei zur Küchentür. Ich folgte seinem Blick, sah einen relativ kleinwüchsigen, aber um so bösartiger dreinsehenden Schäferhund herantrotten. Ich ließ das Foto wieder fallen, faßte mit beiden Händen nach meiner Tasche.

»Glauben Sie mir, Sie schaffen es nicht«, sagte der Grauhaarige hinter meinem Rücken. »Was immer Sie da drin haben, bevor Sie es in der Hand halten, hat er Ihnen das Handgelenk durchgebissen. Falls er Ihnen nicht gleich an die Kehle geht.«

Ich glaubte ihm aufs Wort. Er entwand mir die Tasche, schubste mich auf die Couch zurück, direkt vor die Hundeschnauze.

»Sehen wir doch mal nach, was Privatdetektive, speziell weibliche, so alles bei sich haben ...« Er wühlte in meiner Tasche rum, hielt meinen Revolver in die Höhe. »Donnerwetter, das ist ja ein Riesenkaliber! Wollten Sie damit etwa hier rumballern?«

»Lassen Sie mich gehen«, sagte ich. »Sie machen sich strafbar, wenn Sie mich mit Hilfe von diesem Dreckskóter hier festhalten.«

»Damit Sie die Polizei alarmieren?«

»Die Polizei? Weswegen denn?«

»Kommen Sie schon, Sie wissen genau, was hier abläuft. Aber es ist alles viel harmloser, als Sie glauben. Eigentlich ist die Kleine nur Dekoration. Trotzdem werden Sie mir jetzt noch für eine Weile Gesellschaft leisten, einverstanden?«

»Hab ich denn eine Wahl?«

»Fragen Sie Adolf ...«

Der Grauhaarige steckte den Revolver in seine rechte Hosentasche, kippte den restlichen Inhalt meiner Tasche dann einfach auf den Tisch. Schlüsselbund, Handy, Taschenlampe, Fotoapparat, Geldbörse, Notizbuch, Kugelschreiber und Lippenstift kullerten durcheinander. Der Hund verzog keine Miene. Ich war wütend, hauptsächlich auf mich selbst. Wieso rannte ich mit einer Waffe durch die Gegend, wenn ich dann zögerte, sie zu gebrauchen?

»Sie kosten mich eine Stange Geld, das wissen Sie hoffentlich?« sagte der Grauhaarige, während er in meinem Notizbuch blätterte.

»Immerhin ...« erwiderte ich.

Er entdeckte die Kennzeichen der beiden Autos vorm Haus, riß das entsprechende Blatt raus und stopfte es in seine Hemdtasche.

»Zum Glück hatten wir ohnehin die Absicht, die Bude hier demnächst aufzugeben«, sagte er dann. »Es gibt ein paar Nachbarn, die langsam mißtrauisch werden.«

Die Tür nach hinten ging erneut auf, diesmal schaute

ein junger Mann zu uns rein. Er hatte ein schwarzes Barett über seine dunklen Locken gestülpt, in seinem Mundwinkel steckte eine halbgerauchte Zigarette. Er musterte mich feindselig, wechselte dann mit dem Grauhaarigen ein paar Sätze auf Ungarisch. Beide lachten dreckig, und der Baretträger verzog sich wieder hinter die Tür.

»Wenn es nach ihm ginge, würden Sie noch heute in den Genuß einer Hauptrolle kommen«, sagte der Grauhaarige. »Es würde allerdings Ihre erste und letzte sein.«

Ich schluckte schwer, tat die Bemerkung dann als Witz ab. Trotzdem war ich längst nicht so kühl, wie ich mich gab. Ich sagte: »Soll das heißen, daß es diese Sorte von Filmen wirklich gibt?«

»Es gibt Liebhaber, die zahlen fünftausend und mehr, für eine einzige Aufführung.« Der Grauhaarige zog meinen Revolver wieder aus der Hosentasche, kippte die Trommel raus und schüttelte die Patronen in seine hohle Hand. Er sagte weiter: »Denn sehen Sie, das wirkliche Problem bei diesen Filmen ist nicht die Herstellung, sondern der Vertrieb. Sie müssen die Ware exklusiv halten, dürfen niemandem Gelegenheit geben, Kopien davon anzufertigen. Also arrangieren Sie die Vorstellung selbst. Ein richtiger Wanderzirkus, verstehen Sie!«

»Und woran erkenne ich, daß es sich nicht doch um Trickaufnahmen handelt?«

»No cuts«, erwiderte er.

»Was?«

Der Grauhaarige steckte die Patronen zurück in seine Hosentasche, richtete den Revolver dann auf mein Gesicht. Er spannte mit genüßlichem Gesichtsausdruck den Hahn und drückte ab. Klack. »Was sehen Sie, wenn in einem Actionfilm jemand vom Dach springt?« fragte er.

»Was?«

»Sie sehen, wie er abspringt, dann zwischendurch entlang der Fensterfront, und zuletzt, wie er aufschlägt. Drei Einstellungen, mindestens. Das ist der Unterschied ...«

»Interessant ...« Ich hörte, wie draußen der Ferrari gestartet wurde. Ich versuchte mich mit dem Gedanken zu trösten, daß ich die Bande wenigstens aufgescheucht hatte.

»So, und jetzt packen Sie Ihren Krempel wieder ein und machen sich unsichtbar ...«

Ich beugte mich vor und verstaute meine Siebensachen wieder in meiner Tasche.

»Es ist Ihnen doch klar, was geschieht, wenn Sie zur Polizei gehen«, sagte der Grauhaarige. »Dann zwingen Sie uns nämlich, genau das zu tun, was Sie eigentlich verhindern wollten. Dann müßten wir dieses hübsche Kind nämlich verschwinden lassen, was sonst wirklich nicht unsere Art ist.«

Ich nickte. »Kann ich mir denken ...«

»Na wunderbar ...« Er stand auf und blickte mich gönnerhaft an. »Dann alles Gute und denken Sie immer dran, das heute war Ihr Glückstag.«

Ich erhob mich ebenfalls. »Eine letzte Frage noch: Was ist mit dem Mädchen auf dem Foto? War sie hier?«

»Ich hab doch gesagt: Nie gesehen.«

Der Grauhaarige und Adolf begleiteten mich vors Haus hinaus. Ferrari und Jeep waren weg, auch das Garagentor stand nun offen. Zwecklos also, eine Fahndung in die Wege zu leiten. Das Mädchen saß bestimmt in dem Wagen, der in der Garage gestanden hatte. Diese Bande war verdammt gut organisiert. Absolute Profis, die innerhalb weniger Minuten alles besenrein hinter sich lassen konnten.

Der Grauhaarige warf mir meinen Revolver zu. »Und regen Sie sich wieder ab, ja? Wenn die kleinen Fotzen wirklich mal rangenommen werden, schadet ihnen das viel weniger, als Sie vielleicht glauben. Warum sonst hätte es die Natur so eingerichtet, daß sie mit zwölf schon schwanger werden können?«

»Auch die Natur macht Fehler. Leute wie Sie sind das beste Beispiel dafür.«

Ich stieg in meinen Wagen und fuhr los.

2.

Ich ging nicht zur Polizei, ich ging zu Madeleine. Genauer gesagt, wir verabredeten uns zum Abendessen. Madeleine ist Lokalredakteurin bei der Süddeutschen Zeitung und hat sich vor allem mit Gerichtsreportagen einen Namen gemacht. Und seit einer gemeinsamen, etwas chaotisch verlaufenen Safari durch Kenia ist sie auch eine gute Freundin. Bei Spaghetti mit Auberginen und einem Glas Valpolicella erzählte ich ihr dann von meinem Zusammentreffen mit Adolf & Co.

»Eins schwöre ich dir«, sagte ich abschließend, »beim nächsten Mal laß ich es drauf ankommen, Handgelenk hin oder her.«

»Und wenn die Polizei diese Hundehütte doch auseinandernimmt?« fragte Madeleine. »Vielleicht könnte man Adolfs Herrchen doch irgendwie unter Druck setzen?«

Ich winkte ab. »Was glaubst du, wie oft ich in den letzten Stunden daran gedacht hab, selbst so eine Wildwestnummer abzuziehen! Einfach rein in die Bude, dem Köter eine Kugel in die Schnauze gejagt, und diesen Fachmann für Metzelfilme dann gezwungen, am Lauf meines Vierundvierzigers zu nuckeln. Solange, bis er mir verraten hätte, wohin sie die Kleine bringen.«

»Und?«

»Wir hätten beide gewußt, daß ich nicht bis zum Äußersten gehen würde.«

Madeleine tätschelte mitfühlend meine Hand. »Jetzt hör auf, dir Vorwürfe zu machen. Solche Dinge passieren eben. Sei lieber froh, daß du mit heiler Haut davongekommen bist.«

Ich nickte nur.

»Und was erwartest du jetzt von mir?« fragte sie.

Ich schob ihr Bettinas Foto über den Tisch zu. »Mach eine Story draus. Vielleicht erreichen wir damit wenigstens, daß diese Schweine in Zukunft um München einen Bogen machen.«

»Das ist aber auch keine Lösung!«

Ich grinste. »Für München und die Mädels, die hier verlorengehen, vielleicht schon.«

Zwei Stunden später war ich auf dem Weg nach Hause. Aber nicht nach Freilassing, wo ich geboren und aufgewachsen bin, sondern heim zu Tante Agnes. Das kleine, hoch und einsam gelegene Anwesen meiner Tante in der Ramsau, kurz vor Berchtesgaden, war mein Fluchtpunkt, mein Refugium. War es immer gewesen, schon zu meiner Schulzeit. Dort oben würde mich nichts und niemand zu fassen kriegen. Ich würde stundenlang durch die Wälder laufen, in Schluchten und Höhlen herumstöbern und dabei wieder ich selbst werden.

Aber auch hier rückte die Zivilisation unaufhaltsam näher: Die im Frühsommer begonnene Teerung des Forstwegs zum Haus war inzwischen beinahe beendet, lediglich das letzte Stück war noch hübsch ausgewaschen und holprig; keine zwei Kilometer mehr, wo ich meinen Jeep noch so richtig ausfahren konnte.

Hermann öffnete mir die Tür. »Hab mir schon gedacht, daß du es bist«, sagte er. »Hast ein schönes Auto. So schön leise. Hab dich fast nicht gehört. Hast du den Wagen schon lange?«

Ich hatte den Jeep seit über drei Jahren und war in dieser Zeit mindestens zehnmal hier oben gewesen. Ich spähte zu der doppelläufigen Schrotflinte, die Hermann wie üblich hinter der Tür abgestellt hatte. War es klug, Hermann auch weiterhin eine Waffe zu überlassen? Bei meinem vorletzten Besuch war ihm zeitweise mein Name entfallen, und seine früher so penibel betriebene Körperpflege schien ihm auch nicht mehr so wichtig zu sein: Seine Bartstoppeln waren mindestens drei Tage alt, und an seinem Haaransatz klebte Schorf. Ich spürte einen Stich in der Brust. War dies der Anfang vom Ende? Ich zeigte auf das Gewehr und sagte: »Hoffentlich kommst du nicht auf die Idee, das Ding zu benutzen, wenn ich wieder mal so spät hier aufkreuze? Oder zufällig mal einen anderen Wagen fahre?«

»Jetzt redest du schon den gleichen Unsinn wie deine Tante. Ich weiß, daß ich achtundsiebzig bin. Aber ich kann noch sehen wie ein Luchs.«

Ich stellte meine Tasche ab, klopfte Hermann begütigend auf die knochige Schulter. »War doch nur eine Frage. Wie geht's Tante Agnes? Was macht ihr Rücken?«

»Immer dasselbe. Die Schmerzen kommen und gehen ... Also bis morgen. Du weißt ja, wo alles ist, oder?«

»Aber ja. Gute Nacht ...«

»Nacht dann.« Hermann packte seine Flinte und schlurfte mit wehendem Nachthemd die Treppe hoch.

Ich trat nochmals vor die Tür hinaus und bewunderte die Aussicht. Auch wenn es im Grund nicht viel zu sehen gab. Nebelschwaden zogen um das Haus, als wollten sie es gefangennehmen. Der Mond hatte sich hinter einem Wolkenschleier versteckt. Eigentlich konnte man die Schönheit ringsum nur erahnen. Aber war diese Schönheit wirklich eine Entschädigung für das mühsame Leben hier oben gewesen, für den Mangel an Vergnügungen? Meine Tante hatte ihr Leben lang nur geracker, und nun war der Punkt absehbar, wo sie es ohne fremde Hilfe nicht mehr schaffen würde.

Ich schob den Türriegel vor und ging in die Küche. Im Herd war noch Glut, also legte ich Holz nach und setzte mich dann mit einem Glas Milch an den Tisch. Ich stützte mein Kinn auf meinen Handballen und summte ein Lied, das ich unterwegs im Radio gehört hatte: When you wake, you shall have cake and all the pretty little horses.

3.

Im Sommer, als ich zwölf wurde, war's meine Tante wohl leid, mir dauernd nachlaufen zu müssen. Was ja auch kein Wunder war: Als alleinstehende, zweimal verwitwete Frau war sie mehr als ausgelastet damit, ihre Arbeit hinzukriegen und den Hof in Schuß zu halten. Also erzählte sie mir eines Abends, daß eine benachbarte Sennerin, die Erni aus Bischofswiesen, vor kurzem ein richtiges Gespenst gesehen hätte. Und zwar ein gar abscheuliches, zwergenähnliches Wesen, das in der Abenddämmerung auf einer Almwiese herumgehopst sei. Das zudem versucht habe, die Erni mit sich in den Wald zu locken. Und das erst verschwunden sei, nachdem die Ärmste ein Vaterunser gebetet habe.

Natürlich wollte ich mehr wissen, aber die gute Erni erwies sich als verstockt und immer noch ängstlich. Ich bekam nur heraus, daß der Geist eine grünliche Haut gehabt hatte, ähnlich einem grob gestrickten Pullover, und vor ihren Augen in eine Art Nebel zerflossen sei. Und daß sie seitdem keine Nacht mehr ruhig geschlafen habe, und daß auch das Vieh verstört sei.

Allerdings bewirkte dieser Vorfall genau das Gegenteil bei mir: Ich rannte nun zu allen Tages- und manchmal auch Nachtzeiten zu dieser Wiese rauf, um den »tanzenden Pullover« auch zu Gesicht zu bekommen. Aber er zeigte sich nicht, und ich war tief enttäuscht. Nicht mal auf Gespenster war Verlaß! Nur Erni kehrte vorzeitig ins Tal zurück und kam in den folgenden Jahren auch nicht wieder.

Aber bin ich bei Tante Agnes zu Besuch, führt mich mein erster Weg immer noch zu Ernis Hütte hinauf. Frühmorgens und eigentlich bei jedem Wetter, ausgenommen, es liegt tiefer Schnee. Auch wenn die Alm längst nicht mehr bewirtschaftet wird und die Hütte nurmehr ein unkrautüberwucherter Bretter- und Schindelhaufen ist. Wie immer nahm ich einen Rucksack mit, um wenigstens einen Teil der um die Hütte verstreuten Abfälle wegzuschaffen. Und natürlich führte mich meine Route über die »Geisterwiese«, die zu dieser Stunde noch größtenteils im Schatten lag. Als ich kurz stehenblieb, um zu verschnaufen, fiel mir plötzlich etwas auf. Etwas, das ich scheinbar in all den Jahren übersehen hatte. Im Gegensatz zum Gelände ringsum, wo sich im Laufe gerade der letzten Zeit vieles verändert hatte, und meist zum Nachteil, war dieser Fleck hier augenscheinlich derselbe geblieben. Die Front der Fichtenstämme hangabwärts und nach Osten zu war dicht und abweisend wie eh und je, nirgendwo Anzeichen einer Erosion des Bodens, die vielerorts den nackten Fels zum Vorschein brachte. Es war alles genauso wie in meiner frühesten Erinnerung. Und noch etwas fiel mir ein: Ich hatte niemals ein Stück Wild hier draußen gesehen. Kein Reh, keinen Hasen, keinen Fasan. Obwohl das Gras kräftig und wohlriechend war.

Nun kroch es mir doch kalt den Rücken hoch. War dies hier vielleicht einer der magischen Plätze, wofür manche Leute ihr Leben, wenn nicht ihr Seelenheil gegeben hätten? Das Sprungbrett zu einer anderen Welt, in eine andere Dimension? Waren nicht nebenan am Untersberg vor etlichen Jahren drei Menschen spurlos verschwunden? Und dann Monate später irgendwo am Roten Meer wieder aufgetaucht, ohne jede Erklärung?

Ach was, sagte ich mir dann, alles Unfug. Und stapfte weiter, der Sonne entgegen.

4.

Marion Hochberger wartete schon vor meiner Wohnungstür. Sie war etwa in meinem Alter, hatte ein schmales Gesicht, dunkles, knapp schulterlanges Haar und mediterranen Teint. Bekleidet war sie mit einem grauen Hosenanzug und einem schwarzgelb gestreiften Seidenschal. Der einzige Schmuck, den sie trug, waren halbmondförmige Ohrringe aus Gold.

Was braucht die einen Detektiv, dachte ich unwillkürlich, sieht doch aus wie eine Wahrsagerin. Ich blickte auf meine Uhr. Überaus pünktlich, die Dame.

Wir gaben uns die Hand. »Claudia Caspary«, sagte ich.

»Schön, daß Sie Zeit hatten«, erwiderte sie.

»Wie kommen Sie eigentlich gerade auf mich?« fragte ich, nachdem wir beide Platz genommen hatten.

»Sagen wir, ich würde mein Problem lieber einer Frau als einem Mann anvertrauen . . .«

»Verstehe . . . Und was ist Ihr Problem?«

»Ich habe Angst.«

»Wie soll ich das verstehen? Werden Sie bedroht oder dergleichen?«

Marion schüttelte den Kopf. »Wenn ich sage Angst, dann meine ich weniger mich damit. Es geht um meinen Mann Ulrich.«

»Dann wird der also bedroht?«

»Das weiß ich eben nicht. Ich weiß nur, daß er möglicherweise in irgendeine kriminelle Sache verwickelt ist.«

»Möglicherweise?«

»Ich hab vor ein paar Tagen zufällig ein Telefongespräch mitangehört. Ich weiß nicht, mit wem er telefoniert hat, aber es ging dabei wohl um die Aufteilung einer größeren Summe Geldes. Jedenfalls sagte mein Mann wörtlich: Das Geld bleibt so lange gebunkert, wie ich es für richtig halte.«

»Und weiter?«

»Tut mir leid, das war alles . . .«

»Kann es sich dabei nicht doch um eine ganz legale Transaktion handeln?«

»Natürlich. Aber mein Mann ist vorbestraft, wegen Erpressung. Er war deswegen auch im Gefängnis. Zwei Jahre und vier Monate, um genau zu sein. Und er hat immer noch Bewährung! Verstehen Sie jetzt meine Sorge?«

»Erpressung welcher Art, wenn ich fragen darf?«

Marion zögerte kurz. »Er hat einem Supermarkt hier in München damit gedroht, bestimmte Konserven mit Zyankali zu vergiften . . . Was er natürlich nie im Ernst vorhatte«, fügte sie rasch hinzu.

»So was soll öfter vorkommen, als man glaubt . . . Und was wurde ihm dann zum Verhängnis?« formulierte ich vorsichtig.

»Die Geldübergabe, was sonst?«

»Ich nehme an, diese Supermarkttypen haben trotz gegenteiliger Versicherung die Polizei eingeschaltet?«

Sie nickte nur.

»Verzeihen Sie die Frage, aber waren Sie auch in die Sache verwickelt, oder gar mitangeklagt?«

»Allerdings. Aber ich wurde freigesprochen. Offiziell aus Mangel an Beweisen. Aber ich hatte wirklich nichts damit zu tun. Aber als Ehefrau . . .«

»Sie hatten also von nichts eine Ahnung?«

»Nicht, bis eines Abends die Polizei vor der Tür stand.«

»Muß eine schlimme Zeit für Sie gewesen sein?«

»Schlimm ist gar kein Ausdruck!«

»Trotzdem sind Sie bei ihm geblieben, oder wie?«

»Ich hab mal ein Versprechen abgelegt: in guten wie in schlechten Zeiten ... Sie sind nicht verheiratet?«

»Ich war's. Einmal.«

»Und?«

»Ich hab nicht vor, dieses Experiment zu wiederholen ...« Ich klappte mein Notizbuch auf, plötzlich ganz schön aufgeregt. Denn in der Regel kamen Frauen zu mir, damit ich herausfand, ob ihre Ehemänner fremdgingen. Oder sich sonstigen Vergnügungen hingaben, dem Glücksspiel etwa. Aber die Aufgabe, in Erfahrung zu bringen, ob ihr Gatte ein Wiederholungstäter war, vielleicht sogar ein Profigangster, die hatte mir noch keine Frau gestellt. Ich sagte: »Und warum sprechen Sie Ihren Mann nicht einfach darauf an? Dann wüßten Sie vielleicht sofort Bescheid und könnten sich den ganzen Aufwand hier sparen?«

Marion lachte kurz. Es klang reichlich bitter. »Ich liebe meinen Mann immer noch, jedenfalls bilde ich mir das ein. Aber wenn er wirklich wieder in irgendeine krumme Sache verwickelt ist und ich ihn darauf anspreche, wird er mich entweder anlügen oder mich ins Vertrauen ziehen. Und ehrlich gesagt, möchte ich keines von beiden erleben. Und schon gar nicht möchte ich in irgendwas reingezogen werden, verstehen Sie? Ich bin einmal davongekommen, aber ein zweites Mal ... Nein, ich will einfach nur Klarheit, ohne Risiko.«

Ich nickte. »Und dann? Angenommen, ich finde Ihren Verdacht bestätigt, was wollen Sie dann unternehmen?«

»Kommt darauf an, was Sie alles herausfinden.«

»Natürlich ...«

»Aber ich kann mich doch auf Ihre Diskretion verlassen, oder?«

»Wenn ich Ihren Mann nicht gerade dabei erwische, wie er jemandem den Schädel einschlägt, sicher ... Was macht er denn gerade, beruflich, meine ich?«

»Er ist als Autoverkäufer tätig, in der Firma eines Schulfreundes. Vorher war er Versicherungsvertreter.«

»War dieser Schulfreund etwa ... ?«

»Nein, nein«, unterbrach sie mich. »Der ist ganz reell. Aber ein echter Freund ...«

»Apropos Freunde, gab es damals bei dieser anderen Sache noch weitere Angeklagte oder Komplizen?«

»Nein ... Sie wollen mir also helfen?«

Ich nickte. »Warum nicht? Aber sagen Sie, hätte Ihr Mann denn überhaupt einen Grund, wieder kriminell zu werden? Ich meine, haben Sie finanzielle Probleme oder so?«

»Nein, eigentlich nicht, aber was sagt das schon ...«

Marion nahm ihre Handtasche auf, zog ein Foto heraus und reichte es mir. Die Schwarzweiß-Aufnahme zeigte einen Mann von Mitte Vierzig mit energischem Kinn, tiefliegenden, verschmitzten Augen und einer Haartolle wie der junge Burt Lancaster.

»Ulrich ist jetzt neunundvierzig, einen Meter sechsundachtzig groß und gut hundert Kilo schwer«, sagte Marion. »Ein richtiges Schwergewicht, nicht zu übersehen.«

»Um so besser«, erwiderte ich. »Trotzdem bekomme ich tausend pro Tag plus Spesen ...«

»So viel?«

»Das mit den Spesen hält sich meist in Grenzen. Und wenn es länger dauern sollte, wird es günstiger.«

»Einverstanden.« Marion kramte erneut in ihrer Handtasche, brachte ein Scheckheft zum Vorschein. »Reichen dreitausend als Vorschuß?«

Ich nickte.

5.

Kurz nach neun am nächsten Morgen sah ich Ulrich Hochberger aus seinem 3er BMW steigen und seinem Arbeitsplatz zustreben. Er trug einen beige-braunen Leinenanzug, dazu ein schwarzes T-Shirt, und hatte trotz seines Übergewichts nichts Schwerfälliges an sich. Eine imposante Erscheinung. Oder wie meine Tante es ausgedrückt hätte: ein kerniges Mannsbild. Keine Frage also, weswegen Marion bei ihm geblieben war. Aber auch, weswegen sie nicht die Courage hatte, sich offen mit ihm anzulegen.

Sowie Ulrich die Tür hinter sich zugeschlagen hatte, fuhr ich zurück zu meiner Wohnung, um endlich mal den Kühlschrank gründlich zu reinigen. Zugleich nahm ich mir vor, in Zukunft nur noch Sachen einzukaufen, die ich garantiert auch verzehren würde, also hauptsächlich Schokolade, Kekse, Eiskrem und Rotwein. Denn wenn mein Leben häufig auch einer Achterbahnfahrt glich, in einer Hinsicht hatten die Gene es wahrlich gut mit mir gemeint: Ich konnte reinschaufeln, was ich wollte, ich kam nicht über siebzig Kilo raus. Sogar nachdem ich mit dem Rauchen aufgehört hatte. Und das bei einer Größe von einsneunundsiebzig.

Ein paar Minuten vor zwölf stand ich dann wieder auf meinem Posten. Doch Ulrich unternahm nichts weiter, als einmal das Firmengelände zu umrunden und eine Zigarette zu rauchen, bevor er an seinen Schreibtisch zurückkehrte. Ich hatte also reichlich Zeit und überlegte kurz, ob ich mir den neuen George-Clooney-Film anschauen sollte. Aber dann fuhr ich doch quer durch die Stadt nach Moosach raus, um einen Blick auf das Haus von Adolf & Co. zu werfen.

Ich parkte schräg gegenüber ein, die Autotüren verriegelt, den Revolver griffbereit unter einer Zeitung auf dem

Beifahrersitz. Aber der Feind war längst ausgeflogen, wie es schien. Die Rolläden waren geschlossen, die Gartenmöbel verschwunden, der Platz vor der Garage leer. Ich nahm mein Handy und rief Madeleine in ihrem Büro an. Sie meldete sich sofort.

»Seit wann bist du zurück?« fragte sie.

»Seit gestern. Ich hab einen neuen Auftrag.«

»Na Gott sei Dank. Ich hab schon befürchtet, du suchst dir einen neuen Job, so deprimiert, wie du warst.«

»Alles vergangen, hoffe ich. Aber wenn du es genau wissen willst: Im Augenblick stehe ich gerade vor dem Ort meiner Niederlage und frage mich, ob die wirklich weg sind.«

Madeleine holte tief Luft, sagte dann in verschärftem Tonfall. »Hör zu, Claudia, ich hab die Sache hier im Haus an einen Kollegen weitergegeben, der im Moment an einer ähnlichen Story recherchiert. Mädchenhandel in Tschechien und Ungarn und die dortige Pornoindustrie. Da kann er deine Erfahrungen gut einbauen, eine Verbindung zu München ziehen und so. Also mach dir deswegen keine Sorgen, ja. Aber bleib von diesem verdammten Haus fern, hast du verstanden?«

»Alles klar. Bin schon so gut wie weg.«

Ich blieb noch knapp eine halbe Stunde, hörte mir die neue CD von Hazeldine an, aber nichts tat sich. Dann kehrte ich zu meiner Autofirma zurück und sah zu, wie Ulrich ein paar Minuten nach sechzehn Uhr in seinen BMW stieg und schnurstracks nach Hause fuhr, zu einem schmucken Einfamilienhaus in Harlaching, versteckt hinter einer hohen Hecke.

Dort blieb er bis neunzehn Uhr vierzig, dann brach er wieder in Richtung Zentrum auf, zu einem Nobelrestaurant in der Nähe vom Maximilianplatz. Ich fand gleich um die Ecke einen Parkplatz, rannte zurück und bekam gerade noch mit, wie Ulrich von einer blonden, ausgesprochen hübschen jungen Dame umarmt wurde, bevor er ihr aus dem Mantel half. Ein Ober geleitete die beiden zu ihrem Tisch, ein anderer fragte mich, ob ich erwartet werde. Es war eine rein rhetorische Frage. So, wie ich bekleidet war, alte Jeans, Lederjacke, nicht mehr ganz taufrische Bluse, war ich mehr ein Fall für einen Stehimbiss. Ich verneinte und verzog mich wieder nach draußen. Entdeckte auf der anderen Straßenseite eine Eisdiele mit ein paar Tischen auf dem Gehsteig davor. Was wollte ich mehr?

Bei einer Cola überlegte ich dann, was Ulrich mit einer Frau zu schaffen hatte, die seine Tochter sein könnte. Seine Geliebte? Eine Studentin, die nebenbei anschaffen ging? Vielleicht gab es gar keine Gaunereien, nur dieses Verhältnis? Und Ulrich selbst hatte diesen Geldköder ausgelegt, um sich Freiraum zu verschaffen. Vielleicht wollte er Marion nicht verlieren und es war ihm lieber, als erneut Krimineller statt als Ehebrecher verdächtigt zu werden. Eine zwar etwas doofe Theorie, aber warum nicht. Das meiste, was wir tun, entpuppt sich im nachhinein als ziemlich doof. Nur ist selten ein Detektiv zur Hand, der uns dies auch vor Augen führen kann. Blieb also noch die Frage, woher ein kleiner, vorbestrafter Autoverkäufer für ein solch exquisites Vergnügen die Kohle hatte? Restbestände seiner früheren illegalen Einkünfte?

6.

»Hübscher Abend bis jetzt, finden Sie nicht?«

Ich blickte hoch. Der Kerl war etwa Mitte Zwanzig, hager und hatte eine schiefe Nase. Sein Lächeln war ebenso schief. Er trug einen Panamahut, eine braune

Wildlederjacke mit Fransen, Jeans und Cowboy-Stiefel. In seiner Hemdtasche steckte ein zusammengerolltes Bündel Geldscheine.

»Darf ich mich setzen?« fragte er weiter.

»Nur zu ...«

Er stellte seinen Milchshake ab und nahm Platz, blickte kurz in die Runde. Ich blickte auf seine tätowierten Finger. LOVE und HATE, genau wie Robert Mitchum als durchgeknallter Wanderprediger in der *Nacht des Jägers*. Schon wieder ein Irrer, der zu viele Filme gesehen hatte! Oder ein Filmkritiker, der sich gern irre gab.

»Sie sehen aus, als könnten Sie durchaus auf sich selbst aufpassen«, sagte er dann unvermittelt.

»Wenn ich jetzt nein sage, wollen Sie sich dann als mein Beschützer anbieten?«

Er grinste erneut. »Wenn Sie darauf bestehen, warum nicht? Aber erst einmal wollte ich Ihnen eigentlich einen Job anbieten.«

»Interessante Vorstellung, Sie als Arbeitgeber ...«

Er beugte sich zu mir rüber, blies mir seinen säuerlichen Atem ins Gesicht. Seine Oberlippe zuckte. »Fünfhundert Mäuse, cash auf die Hand. Und alles, was ich dafür von Ihnen verlange, ist eine halbe Stunde Ihrer Zeit.«

»Zeit für was?«

»Nun, die Sache ist die: Ich soll da ein paar Leuten was übergeben, die vielleicht keine Lust haben, dafür auch die vereinbarte Kohle rauszurücken ... Ich meine, was ich bräuchte, wäre so eine Art Revolvermann, rein bildlich gesprochen natürlich. Jemand, der was her macht. Jemand wie Sie. Groß, cool, schwer einzuschätzen.«

»Der große Dealer und die geheimnisvolle Frau! Glauben Sie wirklich, das macht Eindruck auf diese Junkie-Rotznasen?«

»Garantiert.« Er lehnte sich wieder zurück und steckte sich mit ausdruckslosem Gesicht eine Zigarette an.

Ich sagte: »Natürlich ist so gut wie kein Risiko dabei, stimmt's?«

»Nur so viel, daß wir schon mal in Fahrt kommen ...« Er zwinkerte mir zu. »Die Nacht ist schließlich noch lang.«

»Apropos Revolver ...« Ich öffnete meine Tasche und wollte ihm gerade gestatten, einen Blick auf meinen Colt zu werfen, da erkannte ich sie.

Bettina.

Das Mädchen, deretwegen ich in die Fänge dieser Pornofilmer geraten war. Das mich beinahe dazu gebracht hätte, meinen Job hinzuschmeißen.

Bettina hockte zwei Tische weiter, zusammen mit zwei etwa zwanzigjährigen Typen, die als Rocker ausstaffiert waren. Bettina trug ebenfalls Lederkluft und hatte sich die Haare blond gefärbt. Deswegen auch meine verspätete Reaktion. »Ich komme gleich wieder«, sagte ich zu meinem Robert-Mitchum-Fan, packte meine Tasche, stand auf und ging zu Bettinas Tisch.

Die Herrschaften waren nicht amüsiert über die Störung. Bettinas Begleiter starrten mich an, als hätte ich die Pest. Das Mädchen behandelte mich wie Luft. Ich musterte sie von oben bis unten, konnte nichts finden, was mir einen Grund geliefert hätte, den Aufpasser zu spielen. Ihre Augen waren klar, ihr Lippenstift sorgfältig aufgetragen, ihre Fingernägel sauber. Auch ihr Schuhwerk war alles andere als verschlampt: halbhohe Schnürstiefel aus schwarzem Leder, auf Hochglanz poliert.

»Hallo Bettina«, sagte ich. »Schön, dich hier zu treffen. Könnte ich mal kurz mit dir reden?«

»Reden, über was denn?« fragte sie mit tonloser Stimme. »Wer sind Sie überhaupt?«

»Mein Name ist Claudia Caspary. Ich hab dich wochenlang gesucht, im Auftrag deiner Eltern ...«

Bettina kicherte unvermutet los. »Das ist die, von der

ich euch erzählt hab«, erklärte sie den beiden anderen. »Papis und Mamis Spürhund ...«

Ich sagte: »Warum rufst du denn nicht mal zu Hause an und gibst Bescheid? Deine Eltern machen sich Sorgen, ist das so schwer zu verstehen?«

»Die machen sich Sorgen, seit ich geboren bin. War höchste Zeit, sie damit allein zu lassen.«

»Na schön, wie du willst ... Aber vielleicht kann *ich* was für dich tun, hm?«

»Jetzt reicht's aber, Schnüffeltante«, sagte der mir am nächsten sitzende Rocker. Er hatte schulterlanges, schmieriges Haar und ein Holzkreuz umhängen, mit einer Patronenhülse vorne dran. Genauso wie einer der Kopfgeldjäger in dem Peckinpah-Western mit Bill Holden und Robert Ryan. Dies war wirklich die Nacht der Filmfreaks.

»Gleich, nur ne Sekunde noch ...« Ich langte in meine Tasche, holte meine Brieftasche raus und entnahm ihr eine meiner Visitenkarten. Ich hielt Bettina die Karte hin. »Hier, du kannst mich jederzeit anrufen ...« Bettina nahm die Karte entgegen, und ich beugte mich zu dem einen Rocker runter. »Übrigens, mein Bekannter mit dem Strohhut da hinten hat vorhin gemeint, ihr zwei wärt die tuntigsten Ledertypen, die er je gesehen hätte ...«

»Ach ja, hat er das?«

»Allerdings.«

Die zwei Rocker wechselten einen grimmigen Blick.

7.

Ich spähte kurz zum Restaurant hinüber, sah zu meinem Schrecken, wie Ulrich gerade in seinem BMW vorfuhr und die Blonde zustieg. Verdammt, wieso rannte der Kerl hinten raus, um seinen Wagen ranzuholen? Nur ein Liebesdienst für seine Angebetete, oder um sich einen Vorsprung zu sichern?

Ich überließ Bettina ihrem Schicksal, Hauptsache sie war gesund und munter, und fetzte los, gab mir aber kaum eine Chance. Ein gerade herankommendes Taxi löste mein Problem. Beim Wegfahren sah ich noch, wie sich Bettinas Begleiter über den Strohhut hermachten. Mein Fahrer, ein korpulenter Endvierziger mit Glatze, war allerdings nicht gerade begeistert von seiner Aufgabe.

»Was soll ich machen, dem BMW da nachfahren«, maulte er. »Da müssen's aber was drauflegen.«

»Wieso das denn? Befürchten Sie etwa, dabei einen Herzinfarkt zu kriegen?«

»Das gerade nicht, aber was ist, wenn dem Kerl das nicht recht ist und er vielleicht auf uns losgeht und mir meinen Wagen zerdeppert?«

»Keine Sorge, Meister, ist nur ein Liebespaar. Die machen garantiert keinen Ärger.«

»Und was ist dann so schlimm an denen?«

»Das übliche, Sie verstehen schon . . .«

»Sie meinen, einer von denen geht fremd, oder wie?«

»Jetzt haben Sie es erfaßt.«

»Ihr Mann vielleicht?«

Ich nickte nur.

»Und jetzt wollen Sie rausfinden, wo sein Gspusi wohnt, oder wie?« fragte er weiter.

»Mal sehen . . .«

Er ging vom Gas runter, blickte mich argwöhnisch an. »Aber nicht, daß Sie mir nachher auf das Mädel losgehen! Und ich Sie sozusagen zum Tatort gefahren hab . . .«

»Um Gottes willen nein.« Ich gab mich entrüstet.

Die Fahrt ging zu einem Musikclub im Kunstpark Ost. Ich zahlte stolze achtundzwanzig Mark Eintritt, wurde aber nicht enttäuscht. Eine junge, amerikanische Jazz-

Sängerin trug Lieder vor, die ich von John Lennon, Bob Dylan und Van Morrison her kannte. Sehr trocken und cool. Unterstützt wurde sie dabei von einer Combo aus Schlagzeug, Bass und Piano. Ich schob mich unauffällig in die Nähe meines Pärchens und bekam so in den Pausen ein paar Dialogfetzen mit.

»Nicht gerade supergefällig, aber sonst echt Spitze«, sagte Ulrich.

»Ich weiß schon, du bist mehr für das Pompöse. Pink Floyd und so«, sagte die Blonde. »Aber ich finde, die wahre Kunst liegt in der Beschränkung auf das Wesentliche. Eine Frau, ein Song, ein Mikrophon. Und nicht fünfzig Lastzüge voll mit teuerster Technik.«

»Wenn du hunderttausend Leute zufriedenstellen willst, brauchst du nun mal einen gewissen Aufwand.«

Die Blonde schmiegte sich kurz an Ulrichs Brust. »Schon möglich. Ich will aber nicht zufriedengestellt, sondern ergriffen werden.«

Ulrich küßte seine Begleiterin aufs Haar. »Dir fehlt eben die freudvolle Kampferfahrung eines echten Open-air-Veteranen«, sagte er dann mit einem Grinsen. »Du sitzt in Dreck und Regen, wartest seit Stunden auf Jimi Hendrix, während hinter dir eine Meute Hells Angels anfängt, alles zu demolieren und in Brand zu stecken. Musik ist auch Krieg, sag ich dir . . . Oder damals auf der Isle of Wight. Da haben sie oben am Hügel gelauert wie die Germanen vorm Limes.«

»Manchmal glaube ich, du bist nur wegen des Krawalls zu diesen Konzerten gefahren . . .«

»Sagen wir, es war eine interessante Begleiterscheinung . . . Und du weißt ja, ich hab diese Hippies nie leiden können. Haben dauernd vom Frieden gelabert, dabei wollten sie nur freien Eintritt.«

Vater und Tochter, dessen war ich nun sicher. Aber warum hatte Marion nichts von der Kleinen erwähnt?

Ein uneheliches Kind? Oder eine Tochter aus einer früheren Ehe Ulrichs? Egal, ich besorgte mir rechtzeitig ein Taxi und wartete, wohin es als nächstes gehen würde. Mein Fahrer war diesmal ein Ausländer. Aber die beiden starteten erst mal zu einem kleinen Spaziergang, hatten sich immer noch viel zu erzählen. Dann ging es nach Bogenhausen, wo Ulrich seine Begleiterin vor einer dieser neu errichteten, eleganten Wohnanlagen absetzte. Sein nächstes Ziel war ein Bordell an der Ingolstädter Straße.

»Kennen Sie den Laden zufällig?« fragte ich meinen Chauffeur.

»Leider nein. Soll aber ganz neu sein. Und alles vom Feinsten, was man so hört.« Er strich sich über seinen Schnauzer und guckte noch melancholischer drein.

Ich überlegte kurz, ob ich den Mann als Hilfssheriff engagieren sollte, entschied dann dagegen. Denn was könnte ihn daran hindern, mich gegen ein saftiges Trinkgeld zu verpfeifen, und so von beiden Seiten abzukassieren. Also sagte ich, das war's, und kurz nach eins war ich dann zurück bei meinem Wagen.

8.

Der nächste Tag verlief anfangs genauso: Ulrich kam pünktlich zur Arbeit und blieb auch dort, während ich mit Marion telefonierte. Die blonde Frau war tatsächlich Ulrichs Tochter aus erster Ehe, Anna-Maria, zweiundzwanzig, zur Zeit Jura-Studentin mit einem eigenen Apartment, für dessen Unterhalt Ulrich aufkam. Anna-Marias Mutter war neunundachtzig bei einem Autounfall ums Leben gekommen. Marion bestätigte mir auch mein Bild von den beiden: Ulrich und Anna-Maria standen sich tatsächlich sehr nahe.

»Und wie stehen Sie zu ihr?« fragte ich.

Sie zögerte kurz. »Sie hat mich eigentlich nie akzeptiert«, erwiderte sie dann. »Ist mir aus dem Weg gegangen, wo sie nur konnte . . .«

»Verstehe. Und jetzt, haben Sie überhaupt noch Kontakt zu ihr?«

»Eigentlich nicht . . .«

Ich konnte nicht umhin, von Ulrichs Bordellbesuch zu erzählen. Wobei es bei Marion lag zu entscheiden, was nun schlimmer war: außereheliches Vergnügen oder illegale Geschäfte. Jedenfalls bat sie mich, weiter dranzubleiben, und das tat ich dann auch.

Ulrichs Mittagspause verlief wie schon bekannt, ein Spaziergang, eine Zigarette. Nachmittags hatte er eine Probefahrt mit einem älteren Ehepaar, doch nach Feierabend führte ihn sein Weg nicht nach Hause, sondern erst mal auf den Parkplatz der S-Bahn-Station Ottobrunn, wo er einparkte, aber im Wagen sitzenblieb. Aber es dauerte nur ein paar Minuten, bis ein Alfa Romeo hinter Ulrichs BMW anhielt. Der Fahrer des Alfa, ein schlaksiger, mittelgroßer Mann um Mitte Dreißig mit Kinnbärtchen, bekleidet mit Jeans und einer Windjacke, stieg aus und setzte sich zu Ulrich in den BMW.

Ich packte meine Kamera und hatte die beiden per Teleobjektiv auch gleich prächtig im Visier. Die zwei wechselten ein paar Sätze, wobei der andere ziemlich aufgebracht wirkte. Er fuchtelte wild mit seinen Händen vor Ulrichs Gesicht herum, sein Bärtchen hüpfte auf und ab. Ulrich blieb gelassen, griff schließlich ins Handschuhfach und brachte ein prall gefülltes Kuvert zum Vorschein. Der andere riß das Kuvert sofort auf, besah sich den Inhalt. Dann hatte er ein Bündel Geldscheine in der Hand, das er sich gleich in die Jackentasche stopfte. Was ihn aber nicht zufriedenstellte, wie mir schien. Jedenfalls nicht so richtig. Er redete weiter heftig auf Ulrich ein, und einmal war's, als wollte er zum Schlag ausholen. Ulrich schüttelte nur mehrmals den Kopf, sonst war ihm keine Reaktion zu entlocken.

Schließlich gab der andere auf, stieg aus und zuckelte mit dem Kuvert in der Hand zurück zu seinem Alfa. Ulrich fuhr los, doch ich wartete auf den Geldempfänger. Ich hatte zwar sein Kennzeichen, aber das konnte ebensogut gefälscht sein. Oder die Karre war gestohlen.

Es ging zurück in die Innenstadt, in die Au, wo der andere vor einem heruntergekommenen Mehrfamilienhaus in der Zeppelinstraße halb auf dem Gehsteig einparkte und dann im Haus verschwand. Ich guckte mir die Namensschilder an, die meist ausländische Mitbewohner verrieten. Bis auf einen Erich Morawski, Privatdetektiv.

Ein Kollege? Ich setzte mich in meinen Wagen und wartete, aber mein Mann ließ sich nicht mehr blicken. Um neun hatte ich genug und fuhr nach Hause.

9.

Der Alfa war tatsächlich auf Morawski zugelassen! Ich versprach meinem Gewährsmann bei der Stadtverwaltung, seine Weihnachtsgratifikation entsprechend anzuheben, und gönnte mir im Café Extrablatt ein opulentes Frühstück. War Erpressung das Stichwort? Hatte Ulrich wieder ein Ding gedreht und wurde nun von Morawski ausgenommen? Es sah jedenfalls ganz danach aus. Bedauernswerte Marion! Nun würde sie sich doch mit dem Gedanken anfreunden müssen, eventuell ohne Ulrich auszukommen.

Aber bevor ich Marion über diese Begegnung beziehungsweise Geldübergabe unterrichtete, wollte ich Genaueres wissen. Und da gab es eigentlich nur eine Person, die ich zunächst mal fragen konnte, nämlich meinen Mentor und Ex-Arbeitgeber Carl Richter. Carl war immerhin mehr als zwanzig Jahre in dieser Stadt als Detektiv tätig gewesen, und halbseidene Kollegen wie dieser Morawski waren ihm da bestimmt aufgefallen. Allerdings konnte ich Carl wegen des Zeitunterschieds schlecht vor vier Uhr nachmittags anrufen. Alles andere hätte nach einem Hilferuf ausgesehen und hätte ihn entsprechend beunruhigt!

Also fuhr ich erst mal zu Ulrichs Firma, um mich von Ulrichs Anwesenheit zu überzeugen. Und richtig, der BMW stand da, und kurz nach zwölf kam Ulrich auch brav aus dem Gebäude, um seine Zigarettenrunde zu drehen. Ganz wie ein biederer Angestellter mit festen Gewohnheiten. Ich entschied, Ulrich für den Rest seines Arbeitstages alleine zu lassen und dafür bei Morawski herumzustöbern.

Der Alfa stand noch an derselben Stelle, nun allerdings mit einem Strafzettel versehen. Wie ging der Spruch: Ein gutes Gewissen ist das beste Ruhekissen. Ein dicker Umschlag voller Geld erfüllte vermutlich den gleichen Zweck. Ich schlenderte den Gehsteig entlang, betrat kurzentschlossen die Eckkneipe, die ich schon am Vorabend erspäht hatte. Der Laden war klein, dämpfig und gut besucht, das Publikum gemischt. Handwerker, Studenten und jüngere Angestellte, dazu ein paar alte Herrschaften, die wohl immer hier hockten. Gereicht wurde deftiges Essen bayerischer Machart. Ich zwängte mich an den Tisch, der am wenigsten umlagert war, bestellte mir eine Halbe Radler und einen gemischten Salat.

Die Enge und das Geplärre ringsum brachten mich zurück zu Carl. In die Wüste, in die er sich geflüchtet hatte. In die weiten und leeren Landschaften des amerikanischen Südwestens. Natürlich hatte ich mir anfangs geschworen, ihn so selten wie möglich um Hilfe zu bitten.

Schon, um ihm nicht das Gefühl zu vermitteln, er hätte eine Versagerin zur Nachfolgerin aufgebaut. Die üblichen Eitelkeiten eben. Was mir inzwischen aber wirklich fehlte, war einfach der Dialog. Die Möglichkeit, Fälle aus zweierlei Sicht zu erörtern. War es an der Zeit, mich nach einem Partner umzuschauen?

Ich trank noch eine Tasse Kaffee und hatte schon bezahlt, da kam Morawski zur Tür hereinspaziert. Er trug dieselben Klamotten wie gestern, war aber besser gelaunt. Jedenfalls zwinkerte er der Bedienung zu, bevor er am Tresen stehenblieb und ein paar Worte mit dem Wirt wechselte. Der Wirt lachte, und Morawski ging an mir vorbei zum hintersten Tisch, der eben frei geworden war. Er setzte sich, den Rücken zur Wand gekehrt, und studierte eine liegengelassene Zeitung. Ganz der lässige Stammgast. Erst als die Bedienung zu ihm trat und seine Wünsche notierte, wurde er wieder laut. So sagte er: »... genau, mein ganz persönlicher Aufschwung« und »... wer weiß, vielleicht gehe ich sogar ins Ausland ...« und »... jedenfalls bist Du die erste, Irmi.«

Ich bestellte mir noch ein Glas Mineralwasser, aber nichts folgte. Vor allem keine weiteren Bekenntnisse. Morawski trank sein Bier, schaufelte seinen Sauerbraten mit Knödel und Blaukraut hinunter, rauchte eine Zigarette nach der anderen. Ein wahrer Gourmet. Ich winkte der lieben Irmi, legte einen Fünfzigmarkschein auf den Tisch und sagte: »Entschuldigen Sie die Belästigung, aber ich bin gerade auf Wohnungssuche, und mein Makler hat mir ein Objekt gleich hier um die Ecke präsentiert. Ist die Gegend okay? Ich hab nämlich einen kleinen Hund, der öfter mal raus muß. Auch nachts, Sie verstehen ...«

Irmi lächelte verständnisvoll. »Also da kann ich Sie beruhigen«, sagte sie. »Ich wohne jetzt schon seit fünfzehn Jahren hier im Haus, und bis jetzt ist mir keiner an die Wäsche gegangen. Es sei denn, ich hätte es gewollt.«

»Dann bin ich ja beruhigt.«

Irmi machte eine Kopfbewegung zu Morawski hin. »Aber wenn Sie wirklich mal ein Problem haben sollten, können Sie sich ja an den Herrn dort hinten wenden.«

»Wie bitte?«

»Er ist Privatdetektiv, wohnt nur ein paar Häuser weiter.« Sie wurde lauter. »Und was man so hört, eine echte Kapazität auf seinem Gebiet.«

Morawski war nun auf uns aufmerksam geworden. »Machst du wieder mal Reklame für mich, Irmi?« fragte er, durchaus leutselig.

»Ich weiß schon, du hast mich nicht mehr nötig«, erwiderte Irmi. Es klang ein wenig bedrückt. Aber bevor wir das Gespräch vertiefen konnten, betraten zwei Männer das Lokal. Beide Mitte Zwanzig. Beide Kraft vor Schönheit. Sie schenkten uns Null Aufmerksamkeit, wandten sich gleich Morawski zu. Der Detektiv schien nicht überrascht zu sein. Er blieb ruhig sitzen, lächelte breit, lud die beiden dann mit einer Handbewegung ein, bei ihm Platz zu nehmen. Was die zwei auch taten.

»Die sehen aber nicht gerade aus, als ob sie Hilfe nötig hätten, höchstens beim Lesen«, wisperte ich. »Kennen Sie die zwei?«

Irmi schüttelte wortlos den Kopf.

Ich blickte auf die Uhr. Gleich halb vier. Zeit für meinen Anruf im Wilden Westen. »Also dann«, sagte ich zu Irmi, »kann sein, daß wir uns demnächst dann öfter sehen.«

»Würde mich freuen . . .«

Ich bekam noch mit, wie Morawski ein Kuvert aus seiner Jackeninnentasche zog, dann war ich draußen. Was lief hier ab? Ein vorbestrafter Ex-Versicherungsvertreter übergibt einem Detektiv einen Umschlag mit Geld, der Detektiv verteilt höchstwahrscheinlich einen Teil davon an zwei Schlägertypen! Ein Auftrag? Schulden? Ich setzte mich in den für diesen Tag gemieteten VW-Golf, griff nach meinem Handy und wählte Carls Nummer.

10.

Carl war sofort am Apparat. »Hello ... ?«

»Carl, ich bin's, Claudia«, sagte ich. »Wie geht es meinem alten Wüstenfuchs?«

»Dem geht's prächtig. Und bei dir, auch alles klar?«

»Ich denke schon. Aber ich bräuchte ein paar Auskünfte, betrifft einen Kollegen von uns ...«

»Einen Kollegen? Willst du dich mit jemandem zusammentun?«

»Das nicht gerade ... Nein, der Mann ist in einen Fall verwickelt, an dem ich gerade arbeite. Ein Erich Morawski. Sagt dir der Name etwas?«

»Und wie ... Heißt das, der Scheißkerl ist schon wieder draußen?«

»Wie bitte?«

»Der sogenannte Kollege hat kurz vor Weihnachten sechsundneunzig fünfeinhalb Jahre kassiert, wegen Industriespionage und Erpressung. Ein ganz übles Bürschchen, sag ich dir.«

»Ist ja interessant ...«

»Na ja, vielleicht hat er auch nur Hafturlaub ...«

»Hm, das glaube ich nun weniger. Und sonst, was weißt du sonst noch über ihn?«

»Er ist ein Zocker. Aber einer von der Art, die nicht verlieren können. Impulsiv, rachsüchtig ...«

»Und rein menschlich, wie ist er da so?«

Carl lachte heiser. »Rein menschlich gesehen hat er die Moral einer Feldmaus. Also wenn du nicht gerade die

Absicht haben solltest, ihn zu vergiften, dann mach einen großen Bogen um ihn.«

»Und wenn das nicht geht?«

»Dann sei auf alles gefaßt.«

»Gibt es Leute, die man als Freunde von ihm bezeichnen könnte?«

»Ich wüßte niemand, jedenfalls nicht auf Anhieb. Aber er hat eine ältere Schwester, auch so ein Früchtchen. Hat Anfang der neunziger Jahre einem Freier mit einem Besenstiel den Schädel eingeschlagen. Angeblich in Notwehr natürlich.«

»Und was macht die jetzt?«

»Sie hatte nachher ein Studio, irgendwo in Nord-Schwabing. Nannte sich Renata oder Ramona oder so ähnlich. Aber ob das noch aktuell ist, keine Ahnung. Du weißt ja, wie schnell sich diese Damen verändern ... Sag mal, wann kommst du endlich mal wieder rüber? Du solltest einen alten Mann wie mich nicht so lange allein lassen?«

»Kümmert sich Elli nicht gut um dich?«

»Elli ist weg. Schon seit Mitte Juli.«

»Wie das denn?«

»Sie hat in Taos einen Maler kennengelernt, der behauptet hat, daß er einen Weg gefunden hätte, wie er mindestens dreihundert Jahre alt werden kann. Da konnte sie nicht widerstehen.«

»Dreihundert Jahre! So ein Schwachsinn.«

»So ist das hier draußen nun mal. Jeder spinnt auf seine Weise.«

»Nur du nicht?«

»Keine Wiedergeburt, kein Jenseits, richtig ... Was mich bei entsprechenden Diskussionen dann auch immer zum Spielverderber abstempelt ... Aber jetzt sag mal, wann kann ich mit dir rechnen?«

»Mal sehen, was sich machen läßt«, erwiderte ich ausweichend. »Vielleicht im Oktober. Und vielen Dank, hörst du. Du hast mir sehr geholfen.«

»Schon vergessen: Du hast mich davor bewahrt, als Schmorbraten für diese Sektenschwestern zu enden. Also hör auf, dich zu bedanken.«

»Okay, ich melde mich dann wieder.«

»Tu das. Und sei vorsichtig.«

11.

Ich startete den Motor und fuhr zurück in meine Wohnung. Marion tat mir leid, aber ich konnte ihr die bittere Wahrheit nicht länger verheimlichen. Ihr Mann hatte tatsächlich Umgang mit einem Kriminellen. Natürlich konnte diese Übergabe alles mögliche bedeuten, aber ein legaler Hintergrund kam mir immer unwahrscheinlicher vor. Zwei vorbestrafte Erpresser im Clinch, das konnte eigentlich nur eines bedeuten, eine neuerliche Erpressung ganz großen Stils. Die Frage war nur, ob sich Marion damit schon zufriedengeben würde?

Beim Anblick eines Sexshops kam mir eine Idee. Ich parkte bei der nächstbesten Gelegenheit ein, lief zurück und betrat den Laden. Der Verkäufer und die zwei Kunden starrten mich an, als hätte ich sie beim gemeinschaftlichen Onanieren ertappt. Ich lächelte nachsichtig und sagte: »Haben Sie auch Bordellführer für München auf Lager? Vor allem, was den Domina-Bereich betrifft?«

Ich spürte, wie die Stimmung schlagartig kippte. War ich eben noch ein verirrtes Dummchen gewesen, lästig, aber doch unberührbar, war ich nun plötzlich käuflich, ein Teil der Ware, eine Hure.

»Wollen Sie sich etwa verändern?« fragte der Verkäufer, ein ältlicher Toupetträger mit vorstehenden Schneidezähnen. Die beiden anderen grinsten blöd.

»Schon möglich . . . Also, was ist, oder muß ich mich selber umschauen?«

»Alles da, kein Problem.« Der Verkäufer kam hinter seinem Tresen hervor, schlurfte zu einem Regal und präsentierte mir dann drei Hochglanzmagazine mit Lederdamen auf dem Titelblatt. »Die Figur dazu hätten Sie jedenfalls«, sagte er. »Ist aber alles Beschiß, wenn Sie mich fragen.«

»Ach ja? Und wieso?« Ich blätterte die Heftchen kurz durch, fand aber hauptsächlich Adressen aus dem Frankfurter Raum und dem Ruhrgebiet.

»Weil die alle keine Berufsehre haben«, sagte der Verkäufer. »Nur die schnelle Kohle machen, das wollen sie.«

»So wie Sie, hm?« fragte ich. »München ist da drin ja kaum vertreten.«

»Dann stoßen Sie ja vielleicht genau in eine Marktlücke«, meinte der ältere der beiden Kunden. Er gab sich keine Mühe, seine Erektion zu verbergen.

»Vielleicht«, erwiderte ich. »Aber Sie stoßen garantiert ins Leere . . .«

»Hähhh . . . ?«

»Was macht das?« fragte ich den Verkäufer.

»Achtundneunzig«, sagte er, ohne nachzusehen.

»Schön. Aber ich brauche eine Quittung.«

»Wenn Sie mir einen Quittungsblock besorgen, und vielleicht auch noch einen Stempel, gerne . . .«

»Vergessen Sie's.« Ich gab ihm einen Hundertmarkschein, verzichtete auf das Wechselgeld und kehrte zu meinem Wagen zurück. Im Büro angekommen, rief ich Marion an und bat um ein Treffen. Sie war einverstanden, zu mir zu kommen, in circa einer Stunde. Die Wartezeit vertrieb ich mir mit dem Studium der Magazine. Ich war erstaunt über die teils sehr gekonnten Fotos.

Die Texte dagegen waren alle ähnlich öde und gipfelten meist in dem Hinweis, daß die Herrin eine geborene Sadistin sei und natürlich auch ihren Spaß daran habe. Die einzige Ramona (eine Renata war nicht vertreten), die ich fand, war eine große, vollbusige Blondine um die Vierzig mit eisblauen Augen. Sie bot ein Studio »rein privat« an, mit einer Handynummer und einer Adresse in Freimann.

Als Marion kam, verstaute ich meine Lektüre in einer Schublade. Ich kam mir ein wenig hilflos vor, bot ihr ein Glas Wasser an, einen Spaziergang, einen Ausflug ins Grüne. Sie schüttelte nur den Kopf und sagte: »Es ist also wahr . . .«

Ich nickte.

»Erzählen Sie«, sagte sie. Also erzählte ich ihr, was ich alles beobachtet beziehungsweise in Erfahrung gebracht hatte. Als ich fertig war, stand sie auf und trat ans Fenster, kehrte mir den Rücken zu. Sie sagte nichts.

»Falls in diesem Kuvert ausschließlich Geld war, und davon können wir ausgehen, denke ich, bleibt die Frage, woher Ihr Mann das Geld hatte«, sagte ich. »Ich kann mir nicht vorstellen, daß er tagelang damit spazierengefahren ist.«

Marion drehte sich wieder zu mir um. Sie schniefte, sagte dann: »Er hat sich zu Hause im Keller einen Raum eingerichtet, zu dem nur er einen Schlüssel hat. Vielleicht von dort . . .«

Ich nickte. »Und jetzt? Soll ich weiter dranbleiben?«

Marion zögerte kurz. »Eigentlich ist die Sache doch schon ziemlich eindeutig, finden Sie nicht?«

»Sicher. Aber ich dachte, Sie sind vielleicht daran interessiert, was genau dahintersteckt?«

»Ich möchte aber nicht, daß Sie selber in Gefahr geraten. Ich meine, so ein Typ wie dieser Morawski, der ist doch sicher zu allem fähig.«

»Schon möglich. Aber ich denke, ich kann ganz gut auf mich aufpassen.«

Marion nahm ihre Handtasche, zog ein Taschentuch heraus und putzte sich umständlich die Nase. »Ich glaube, ich werde nun doch mit ihm reden«, sagte sie dann. »Immerhin weiß ich jetzt dank Ihrer Hilfe eine ganze Menge mehr, das macht es mir garantiert leichter abzuschätzen, ob er mich anlügt oder nicht.«

»Ganz wie Sie wollen«, erwiderte ich, wobei ich versuchte, meine Enttäuschung zu verbergen.

»Aber ich halte Sie natürlich auf dem laufenden, einverstanden?« sagte sie und erhob sich.

»Natürlich.«

Ich begleitete Marion zur Tür hinaus, und irgendwie war mir klar, daß ich diese Frau nicht zum letzten Mal gesehen hatte.

12.

Und richtig, schon zwei Tage später klingelte kurz vor sechs Uhr morgens das Telefon. Und da ich gerade von der Toilette kam und außerdem ahnte, wer dran war, nahm ich den Hörer ab.

»Er ist weg«, sagte sie ohne Einleitung.

»Wer, Ulrich?«

»Ja ...«

»Und wie? Ich meine ...«

»Das können Sie nicht wissen«, unterbrach sie mich. »Aber wir haben getrennte Schlafzimmer. Und als ich eben nach ihm sehen wollte, war er weg. Das heißt, er muß irgendwann zwischen Mitternacht und halb sechs Uhr morgens das Haus verlassen haben.«

»Und sein Wagen?«

»Der steht in der Garage ...«
»Hatten Sie Streit oder was?«
»Nein, das ist es ja. Ich wollte ihn zwar dauernd darauf ansprechen, hab's dann aber immer wieder verschoben ... Nein, er weiß von nichts.«
»Dann hat er vielleicht nur einen Spaziergang gemacht, ist gestürzt und liegt jetzt hilflos möglicherweise ganz in Ihrer Nähe ... ?«
»Einen Morgenspaziergang hat er in den ganzen sechzehn Jahren, die wir jetzt zusammen sind, nicht gemacht, also warum sollte er jetzt damit anfangen? Nein, entweder hat er sich ein Taxi genommen oder er wurde abgeholt. Eine andere Erklärung hab ich nicht.«
»Und seine Tochter, weiß die auch nichts?«
»Das ist es ja, die ist auch völlig ratlos.«
»Dann sollten Sie schleunigst die Polizei einschalten, würde ich sagen.«
»Und was soll ich denen erzählen? Daß ich meinen vorbestraften Mann, der zufällig auch noch Bewährung hat, verdächtige, ein Verbrechen begangen zu haben? Und daß weiter eine deswegen von mir engagierte Privatdetektivin ein paar seltsame Dinge beobachtet hat?«
»Geben Sie einfach eine Vermißtenanzeige auf, mehr nicht. Schließlich verschwinden jeden Tag Leute.«
»Das kann ich ihm unmöglich antun, niemals. Nicht, bevor ich Genaueres weiß.« Sie holte tief Luft. Dann: »Könnten Sie vielleicht herkommen? Ich würde gerne alles weitere persönlich mit Ihnen besprechen.«
»Natürlich ...«
Ich duschte, verzichtete auf die üblichen Nachbesserungen, sogar aufs Frühstück. Ulrichs Verschwinden paßte irgendwie nicht in mein Bild von ihm. Schön, er hatte Ärger am Hals. Ärger mit diesem Morawski. Aber würde er deswegen gleich ausrücken, Frau und Tochter im Stich lassen? Vielleicht sogar in Gefahr bringen damit?

Selbst wenn er diese Erpressung oder was auch immer satt gehabt hätte, konnte ich mir so eine Nacht- und Nebelaktion einfach nicht vorstellen, nicht bei einem Typ wie Ulrich.

Kaum losgefahren, glaubte ich plötzlich, den Grund zu kennen. Es war so naheliegend. Genau, Ulrich hatte sich diesen Erpresser vorgenommen, war vielleicht gerade dabei, ihn zu entsorgen. Deswegen hatte er mitten in der Nacht das Haus verlassen, sich einen Wagen besorgt und war Morawski dann auf den Pelz gerückt. Ich holte mein Handy raus und wählte Morawskis Nummer.

»Hier ist Morawski auf Band. Sprechen Sie . . .« Piep. Nichts weiter.

Na schön. Ich überlegte kurz, ob ich nicht gleich zu Morawski fahren sollte, entschied mich dann aber doch für Marion. Ulrich hatte Morawski garantiert nicht in dessen Wohnung erledigt, wo ihm tausend Zeugen über den Weg laufen konnten. Nein, er hatte ihm sicher eine Falle gestellt, mit einem Minimum an Risiko. Und bestimmt würde er die Leiche nicht einfach rumliegen lassen, wie die meisten Schwachköpfe dies tun, sondern sie spurlos verschwinden lassen. Wer immer dann aus dem Busch kriechen und mit dem Finger auf ihn zeigen würde, müßte erst mal nachweisen, daß Morawski auch wirklich tot war und nicht etwa verreist, ausgewandert oder in ein Kloster eingetreten.

Es war kurz nach sieben, als ich bei Marion ankam. Aber es war Anna-Maria, die mir die Tür öffnete. Und sichtlich sauer war.

»Mein Vater ist kein Krimineller, damit Sie es wissen«, fauchte sie mich an. »Und was meine Mutter da gemacht hat, ist eine Riesensauerei.«

»Soll ich wieder gehen?«

»Ja, gehen Sie zum Teufel.«

»Jetzt hör aber auf«, sagte Marion aus dem Hintergrund. »Frau Caspary hat nur ihren Job gemacht, und wenn uns das nicht gefällt, was dabei rausgekommen ist, ist das unser Problem.«

»Dein Problem vielleicht, aber garantiert nicht meines«, schnappte Anna-Maria zurück, schüttelte Marions Hand von ihrer Schulter und zog sich ins Wohnzimmer zurück.

»Sie macht mir die größten Vorwürfe«, erklärte Marion. »Dabei wollte ich doch nur Bescheid wissen, ohne jeden Hintergedanken . . .«

Ich folgte Marion, die noch im Morgenmantel steckte, in die Küche, nahm dankbar die angebotene Tasse Kaffee entgegen. Sie selbst trank Kamillentee. Ich musterte sie unauffällig. Die Frau war verspannt und sah ziemlich mitgenommen aus. Sie hatte tiefe Ringe unter den Augen, ihr Haar war ohne jeden Glanz. Und sie roch nach Angst.

»Sie müssen sich unbedingt diesen Detektiv nochmal vorknöpfen«, sagte Marion. »Der Kerl ist jetzt unsere einzige Hoffnung.«

Oder euer größtes Problem, dachte ich. Trotzdem zögerte ich, meine Theorie über Ulrichs Umgang mit Erpressern sofort zum besten zu geben. Vor allem wegen Anna-Maria.

»Sollten wir das nicht besser der Polizei überlassen?« fragte ich.

»Haben Sie Angst?«

»Vielleicht, ich weiß nicht . . .«

»Dann müssen Sie ihm eben diplomatisch kommen. Ich meine, Sie beide kennen sich doch bereits . . .«

»Trotzdem. Wenn er wirklich was zu verbergen hat, wird er den Teufel tun und mir was erzählen.«

»Was sollen wir der Polizei denn sagen? Im Grunde wissen wir doch nur, daß Ulrich und dieser Morawski irgendwas miteinander zu schaffen haben. Die werden eine

Vermißtenanzeige aufnehmen und fertig. Und natürlich Morawski befragen. Und damit vielleicht unsere einzige Spur zerstören. Ich meine, solange Morawski nicht ahnt, daß wir von ihm wissen, ist das doch eine Riesenchance, oder etwa nicht?«

»Wenn er mit Ulrichs Verschwinden überhaupt was zu tun hat.«

»Wenn nicht, dann erfahren wir vielleicht wenigstens, warum Ulrich weg ist ...« Marion drückte sich kurz den Bauch, wurde bleich im Gesicht. »Entschuldigen Sie, ich muß mal kurz ins Bad.«

Ich nickte nur. Marion verschwand nach oben, und ich ging ins Wohnzimmer hinüber, setzte mich zu Ulrichs Tochter vor den Fernseher.

»Macht das eigentlich Spaß, anderen Leuten nachzuspionieren?« fragte Anna-Maria, ohne mich dabei anzusehen.

»Manchmal durchaus«, erwiderte ich.

»Wie kommt man eigentlich zu so einem Scheißjob?«

»Ist ne lange Geschichte. Aber ich kann Sie beruhigen, ich hab den Job nicht über einen Fernkurs gelernt ...«

»Sondern?«

»Wollen Sie das wirklich wissen?«

»Warum nicht? Solange meine Mutter sich auskotzt, könnten wir uns doch nett unterhalten.«

»Sie mögen Ihre Mutter wohl nicht besonders?«

»Meine richtige Mutter ist tot ...«

»Ja, ein Verkehrsunfall, ich weiß. Tut mir leid ... Aber sehen Sie, durch eben einen Verkehrsunfall bin ich in diesem Geschäft gelandet.«

Nun hatte ich endlich ihre Aufmerksamkeit. »Ach ja ...?«

»Ja. Aber eigentlich begann alles mit meinem Faible für Afrika. Deswegen bin ich nämlich auf Reiseleiterin umgestiegen, so Ende der siebziger Jahre ...«

»Reiseleiter ist auch so ein Scheißjob«, unterbrach sie.

»Stimmt. Aber man kommt zumindest raus in die Welt und wird nicht so selbstgerecht wie Leute, die gerade mal vier Semester Jura geschafft haben. Und die partout nicht einsehen wollen, daß alle Menschen ihre Geheimnisse haben.«

»Wollen Sie noch einen Kaffee?«

»Gerne.«

Anna-Maria stand auf, nahm meine Tasse und verschwand damit in der Küche. Natürlich verstand ich Marions Bedenken bezüglich eines Einschaltens der Polizei. Trotzdem fand ich ihre Reaktion irgendwie kalt und kalkuliert. Ich hätte mir zumindest die Mühe gemacht, die nähere Umgebung abzusuchen, vielleicht sogar ein paar Nachbarn zu alarmieren.

Anna-Maria stellte meine Tasse ab, setzte sich dann in den Sessel gegenüber.

»Was war das nun für ein Unfall, der Sie auf die glorreiche Idee gebracht hat, Privatdetektiv zu spielen?« fragte sie.

»Das war vor vier Jahren, im Sommer vierundneunzig, in Portugal«, erwiderte ich. »Und wenn Sie jetzt behaupten, Portugal ist auch so ein Scheißland, muß ich Ihnen sogar recht geben . . .«

13.

Zwanzig Kilometer nördlich von Almodovar ist Portugal im Sommer ein wüstes Land, regiert von Hitze, Staub, Wind und streunenden Hunden. Also nicht der schlechteste Ort, um in sich zu gehen und Abkehr nicht nur zu predigen, sondern auch zu leben. Jedenfalls war dies die erklärte Absicht von etwa vierzig, meistenteils jungen

Leuten aus Deutschland und der Schweiz, die dort ein verlassenes Dorf okkupiert hatten.

Aber nicht alle waren auf Dauer angetan von den Umständen ihres Exils, und ein paar wollten bald schon wieder weg. Darunter auch eine dreiundzwanzigjährige Frau aus Altötting namens Hildegard Scherwitz. Die hatte ihren Eltern nämlich einen Brief geschrieben, worin sie sich über die Anführerin der Gruppe, eine offenbar wildgewordene Psychotherapeutin, beklagte. Da war die Rede von Methoden, die einer Gehirnwäsche ähnelten. Von Drill und Unterwerfung wie beim Militär. Vom zunehmend dubiosen Zweck des ganzen Unternehmens.

Allerdings hatte Hildegard in ihrem Schreiben auch ihre Angst beklagt, ihr Unvermögen, sich aus eigener Kraft von dieser Bande zu lösen. Und so hatten ihre Eltern nach einem Ausweg gesucht und schließlich den Münchner Privatdetektiv Carl Richter eingeschaltet und beauftragt, sich diese seltsame Kommune einmal näher anzusehen. Und Hildegard notfalls da rauszuholen. Und Carl hatte anschließend mich engagiert, da ich Land und Leute ein wenig kannte.

Carl und ich wiederum kannten uns von München her, vom Heppel & Ettlich, unserer gemeinsamen Stammkneipe.

Und so waren Carl und ich an einem brütend heißen Tag Ende Juli unterwegs in Richtung Norden, in einem klapprigen Leih-Peugeot ohne Klimaanlage, dafür mit derangierten Stoßdämpfern.

»Herrgott, was für eine trostlose Gegend ...« Carl schüttelte angewidert den Kopf, während er wieder mal vom dritten auf den zweiten Gang runterschalten mußte. Ich schaute mich unwillkürlich nach unseren Wasservorräten um. Denn sollte es in diesem Tempo weitergehen, brauchten wir eine Woche für unseren Trip.

»Ich dachte immer, du magst die Wüste?« fragte ich.

»Ja, aber nicht in Europa . . .«

»Portugal ist auch nicht Europa. Hier sitzen die Leute auf dem Land noch ums offene Feuer. Und wenn's im Winter monatelang regnet, geht keiner vor die Tür, weil ihm die entsprechenden Klamotten fehlen.«

»Sag ich doch: trostlos . . . Kannst du dann begreifen, wieso jemand freiwillig hier rauskommt? Die haben doch alle einen Knall, wenn du mich fragst.«

»Vielleicht kommen sie hierher, um einen verdammt guten Grund zu haben, von hier wieder abzuhauen.«

»Was?« Carl blickte mich verständnislos an.

Ich deutete auf Hildegards Brief, der im Handschuhfach lag. »Ist dir nie der Gedanke gekommen, daß diese Unternehmung vielleicht einem ganz anderen Zweck dienen könnte?«

»Wieso denn? Alle Spinner glauben doch irgendwann, so ein Scheiß wie hier draußen würde ihre Probleme lösen.«

»Eben. Und wenn nicht Erleuchtung, dann vielleicht gleich Erlösung. Und zwar ein für allemal.«

»Du meinst, die sind hier draußen, um so eine Art kollektiven Selbstmord vorzubereiten, so wie diese Sonnentempler?«

»Warum nicht? Erst fasten und meditieren sie wochenlang, und dann wollen sie abheben. So steht's jedenfalls wörtlich im Brief: Edith spricht dauernd vom Abheben . . . . Abheben wohin, frage ich mich.«

Carl grinste unvermutet. »Dann hab ich ja doch den richtigen Riecher gehabt«, verkündete er ominös.

»Was?«

Carl zeigte mit dem Daumen nach hinten. »Im Kofferraum liegt ein M-16 Sturmgewehr. Hat mir der Hoteldetektiv besorgt. Natürlich nimmt er das Ding wieder zurück. Es sei denn, ich muß damit rumballern. Dann weiß er natürlich von nichts.«

»Ein Schnellfeuergewehr! Kannst du überhaupt umgehen mit so was?«

»Was der Mensch nicht kann, das lernt er in der Not ... Oder hast du geglaubt, ich fahre unbewaffnet an den Arsch der Welt, wo ein Haufen Verrückter vielleicht auf die Idee kommt, mich in irgendeine Höhle zu werfen, wo mich dann die Fledermäuse fressen?«

»Und was machst du, wenn sie sagen: Na los, schieß schon, du tust uns nur einen Gefallen damit?«

»Dann dürfte wahrscheinlich nur noch ein Gebet helfen ... Apropos Gebet, bist du eigentlich noch in der Kirche?«

»Klar doch.«

»Und warum?«

»Weil mich bis jetzt keiner rausgeschmissen hat, darum.«

»Seltsame Logik.«

»Weißt du, ich verlange ja gar nicht, in den Himmel zu kommen. Ich möchte nur nicht in die Hölle kommen.«

Carl grinste zu mir rüber, brummte dann. »Hell is in hello, that's all I know ...«

» ... Because I'm born under a wandrin' star«, ergänzte ich.

Das Dorf zu finden, war kein Problem. Es lag direkt an der sogenannten Straße. Hildegard aufzutreiben, schon eher eins. Denn gleich der erste, der uns über den Weg lief, ein dünner Kerl mit Schirmmütze und Nackenschutz, kaum älter als fünfundzwanzig, stellte sich dumm. »No trespassing«, sagte er mit schwäbischem Akzent. »Please drive back. This is private property.«

»Drive back to where?« erwiderte Carl in seiner schnoddrigen Art.

»Häh ... ?«

»Wir sind Freunde von Hildegard Scherwitz«, erklärte Carl. »Wir wollten nur mal guten Tag sagen.«

»So jemanden gibt es hier nicht«, sagte der andere.

»Und eine Frau König? Edith König?« fragte Carl weiter. »Die soll den Laden hier nämlich schmeißen.«

»Kehren Sie um und verschwinden Sie von hier«, brüllte der andere plötzlich. »Das ist ein Befehl.«

»Erst lügt er, und dann fängt er auch noch an, uns Befehle zu erteilen«, sagte Carl. »Ich glaube, hier sind wir genau richtig.«

Carl und ich stiegen aus, und gleich darauf waren wir von etwa fünfzehn Leuten umringt, einer Ansammlung von Derwischen in langen Umhängen und mit wirren Frisuren.

Eine magere Frau schwer definierbaren Alters trat auf uns zu. Sie hatte hennarot gefärbtes, kurzgeschorenes Haar, stechende Augen und trug als einzige Ohrringe wie auch eine Armbanduhr. Die Leitwölfin, keine Frage.

»Frau König, nehme ich an«, sagte Carl.

»Wir haben hier keine Namen«, erwiderte die Rothaarige. »Namen sind Relikte einer Zeit, die längst abgelaufen ist.«

»Na ja, solange Sie Ihren Schäfchen als Ausgleich keine Nummer in den Arm brennen lassen . . .« erwiderte Carl.

Wenn Blicke töten könnten!

» . . . dann sagt Ihnen der Name Hildegard Scherwitz vermutlich auch nichts?« fuhr Carl fort.

Die Rothaarige zeigte auf unseren Wagen. »Das hier ist Privatbesitz. Also fahren Sie weiter . . .«

Carl schob sich unauffällig in Richtung Kofferraum. »Das hier ist vor allem eine öffentliche Straße«, sagte er. »Aber ganz wie Sie wollen. Doch dann dürfen Sie sich nicht wundern, wenn ich in Almodovar oder unten in Faro Ihren Laden hier schlechtmache. Vielleicht erzähle ich etwas von Drogen. Oder von Sex mit Minderjährigen. Oder ich behaupte sogar, Sie alle hier hätten die Absicht, übermorgen nach dem Frühstück Selbstmord zu begehen ...«

Die Rothaarige ließ sich nichts anmerken. Nur ein paar der Umstehenden riefen »Buuh ...«. Wie kleine Kinder beim Kasperltheater, wenn das Krokodil erscheint. Es war erheiternd und erschreckend zugleich.

»Starke Worte für jemanden in Ihrer Lage«, sagte die Frau dann.

Carl lächelte undurchsichtig. »Was ist denn meine Lage? ... Glauben Sie im Ernst, wir sind hierhergekommen, ohne uns vorher abzusichern? Also, was ist?«

»Was wollen Sie von Hildegard?«

»Nicht viel. Nur fragen, ob sie vielleicht mitkommen möchte.«

»Warum sollte sie mit Ihnen mitkommen wollen?«

»Warum scheißt der Bär in den Wald? Weil er's kann.«

»Warten Sie hier.« Die Rothaarige drehte ab und verschwand mitsamt einem Teil ihrer Trottelhorde in einer der umstehenden Ruinen. Ein paar Minuten später kam sie zurück, mit Hildegard an der Hand.

Hildegard sah nicht gut aus. Sie wirkte unterernährt und war zudem lichtscheu. Und ziemlich ungepflegt. Vermutlich hatte sie unter Hausarrest gestanden, höflich vermutet.

»Mein Name ist Claudia«, sagte ich zu ihr. »Wenn Sie möchten, können Sie mit uns mitfahren. Wir bringen Sie nach Hause ...«

Hildegard nickte nur, starrte dann wieder zu Boden. Die Rothaarige lächelte verächtlich. Ich wünschte mir, ich hätte Carls Gewehr zur Hand. Ich hätte ihr dieses Lächeln mitsamt ihren Zähnen aus dem Gesicht geschlagen.

»Wo sind ihre Sachen?« fragte Carl.

»Wir haben hier keinen Privatbesitz«, erwiderte die Rothaarige.

»Ihr Paß reicht mir ...«

Die Frau kramte in einer ihrer Kitteltaschen rum, brachte das Dokument zum Vorschein und warf es Carl zu, als wäre es eine Handgranate.

»Let's go«, sagte Carl. Wir packten Hildegard auf den Rücksitz, ich rutschte neben sie. Carl übernahm das Steuer, und wir machten, daß wir wegkamen.

Wir hatten schon drei oder vier Kilometer zurückgelegt, als plötzlich ein Toyota-Geländewagen aus der Staubwolke hinter uns auftauchte. Carl schlug mit der Faust aufs Lenkrad. »Verdammt, ich hab's geahnt.«

»Die wären doch verrückt«, sagte ich.

Leider lag ich damit genau richtig. Denn ebenso plötzlich war der Toyota direkt neben uns und schubste uns von der Piste. Erst nur ein bißchen, quasi probeweise, aber dann, als die Straße kurzzeitig an einem ausgetrockneten Flußbett entlangführte, mit aller Wucht.

Carl hatte keine Chance, den Peugeot zu halten. Wir schmierten ab und schlitterten sekundenlang führungslos über das Geröll, bis es krachte und splitterte und der Wagen stand. Wobei Carl aber gegen das Lenkrad geschleudert wurde und fürs erste ausfiel. Ebenso Hildegard, die sich irgendwo den Kopf angestoßen hatte. Ich wußte nur eins: Ich mußte erst mal ans Gewehr, mußte diesen Fanatikern Paroli bieten. Alles andere konnte warten.

Als ich den Kofferraum endlich aufhatte, standen sie schon oben am Straßenrand. Vier Gestalten, darunter die Rothaarige. Zwar konnte ich keine Waffen erkennen, aber auf uns zu schießen, war vermutlich auch gar nicht ihre Absicht. Vermutlich wollten sie uns nur einen Schrecken einjagen; eine kleine Machtdemonstration eben.

Bis sich die Rothaarige bückte und einen Stein aufhob. So ein Miststück! Ich langte in den Kofferraum, packte das Gewehr und hielt es mit beiden Händen hoch. Wie eine siegreiche Revolutionärin beim Einmarsch in die

Hauptstadt. Das reichte schon: Die vier zogen ab. Und ich nahm mir vor, nie wieder schlecht über Schußwaffen zu reden. Aber es wurde noch ein langer Tag, denn Carl hatte sich ein paar Rippen gebrochen und zusätzlich Probleme mit der Atmung, konnte also nicht gehen. Und Hildegard wollte nicht gehen. Also hatte ich keine andere Wahl, als die beiden in der Hitze zurückzulassen und allein Hilfe zu holen. Das Gewehr nahm ich, in ein Tuch gewickelt, mit.

14.

Ich hatte mein Portugal-Abenteuer kaum beendet, da stand Marion wieder in der Tür, nun bekleidet mit einem lachsfarbenen Jogginganzug und zumindest äußerlich wieder ganz die alte.

»Und, haben Sie sich schon einen Plan zurechtgelegt?« fragte sie mich.

Ich blickte kurz zu Anna-Maria, dann wieder zu Marion. »Na ja, erst mal werde ich diesem Morawski auf den Zahn fühlen«, erwiderte ich. »Aber wenn das nichts bringt, weiß ich auch nicht weiter. Ich meine, ich kann ja schlecht hingehen und ihn verprügeln lassen.«

»Aber Sie könnten so was arrangieren«, sagte Marion. »Ich meine, nur mal theoretisch.«

»Vermutlich schon. Aber wenn Sie so einen Schritt auch nur in Erwägung ziehen, müssen Sie auch bereit sein, notfalls bis zum Äußersten zu gehen. Schon um sich selber zu schützen!«

»War nur so eine Idee, Entschuldigung ...«

Anna-Maria sprang auf. »Ich fahre nach Hause«, sagte sie zu mir. »Ich kann dieses scheinheilige Getue nicht mehr aushalten. Die ist doch froh, daß er weg ist ...«

»Anna-Maria, bitte«, sagte Marion.

»Er hat mir doch erzählt, wie's zwischen euch steht«, schnappte Anna-Maria. »Daß ihr fertig seid miteinander. Gib's doch endlich zu.« Dann stürmte sie hinaus, warf die Haustür krachend hinter sich zu.

»Wir hatten mal die eine oder andere Krise«, sagte Marion. »Aber im großen und ganzen gab's keine Probleme.« Sie blickte mich auffordernd an. »Ich möchte ja nicht unhöflich sein, aber ich glaube, Sie sollten sich auch langsam auf den Weg machen ...«

Ich schüttelte den Kopf. »Wer sagt uns denn eigentlich, daß Ihr Mann verschwunden ist? Ich meine, abgehauen, untergetaucht, die Fliege gemacht ... Kann es nicht genausogut sein, daß er nur was zu erledigen hat?«

»Bitte?«

»Gehen wir doch mal ruhig davon aus, daß Ihr Mann von Morawski erpreßt wird. Und was geschieht manchmal in solchen Fällen?«

Marion setzte sich mir gegenüber in den Sessel, schlug die Beine übereinander und betrachtete sekundenlang ihre Fingernägel. »Ich verstehe nicht ... « sagte sie dann.

»Na ja, das Opfer wehrt sich. Ist es leid, ausgenommen zu werden, schlägt zurück«, erwiderte ich. »Und wenn ich jemandem zutraue, daß er zurückschlägt, dann ist es Ihr Mann ... Vielleicht ist er im Augenblick gerade dabei, Morawski irgendwo zu verbuddeln.«

»Hören Sie auf ...« Marion schlug sich die Hände vors Gesicht. Ein Zittern durchlief ihren Körper.

Ich sagte: »Jedenfalls sitzen wir in Teufels Küche, wenn Ihr Mann in den nächsten Stunden wieder auftaucht und statt dessen plötzlich Morawski verschwunden ist.«

»Mein Mann ist kein Mörder, niemals.«

»Das hoffe ich auch, aber was, wenn doch?«

Marion blickte an mir vorbei zum Fenster hinaus. »Gehen Sie jetzt bitte«, sagte sie dann.

Ich erhob mich. »Schön, dann fahre ich jetzt zu Morawskis Wohnung. Nur damit Sie wissen, wo ich bin, falls ich auch verschwinden sollte.«

Morawskis Alfa stand nicht weit von seiner Wohnung entfernt, mit dem üblichen Krempel drin. Ich wählte erneut seine Nummer.

»Ja . . . ?«

»Könnte ich bitte Herrn Morawski sprechen?« fragte ich.

»Ist am Apparat. Und wer sind Sie?« Eindeutig seine Stimme. Ich hängte ein. Ich war erleichtert und frustriert zugleich. Meine schöne Theorie, einfach so in Luft aufgelöst. Ich besorgte mir einen Krapfen und einen halben Liter Milch und kehrte dann zu meinem Jeep zurück.

15.

Es wurde ein langer Vormittag, und ich war schon versucht, einfach hochzugehen und mir unter einem Vorwand Zutritt zu Morawski zu verschaffen, als er endlich rauskam. Er trug wieder seine Windjacke, Jeans und Sportschuhe und sah nicht aus, als ob er großartig etwas vorhätte. Er schlenderte zu seinem Alfa, stieg ein und fuhr in Richtung Norden, bis wir hinter Freimann in eines der üblichen trostlosen Gewerbegebiete kamen. Dort hielt er vor einem ockerfarben gestrichenen, leicht desolaten Einfamilienhaus aus den fünfziger Jahren, neben einem schwarzen Fiat Uno mit Münchner Kennzeichen. Es war die Straße, in der meine Magazin-Ramona ihr Studio hatte.

Morawski war kaum ausgestiegen, da ging die Haustür auf, und besagte Blondine trat heraus. Bekleidet mit einem schwarzen, ärmellosen T-Shirt, schwarzen Shorts und schwarzen Turnschuhen. In der linken Hand hielt sie eine Art Picknickkorb. Sie küßte Morawski kurz auf den Mund, bevor ihr Morawski den Korb abnahm und auf dem Rücksitz verstaute. Dann setzten sie sich in den Alfa und weiter ging's, weiter stadtauswärts auf die B 388, raus aufs flache Land.

Nur ein kleiner Familienausflug ins Grüne? Ich mochte nicht so recht daran glauben. Ich tätschelte meine Tasche mit dem Revolver. Eines hatten mich diese Pornofritzen jedenfalls gelehrt: Sei nett zu deiner Schußwaffe und überlaß sie niemals einem anderen.

Kurz vor Taufkirchen bog Morawski unvermutet auf einen Feldweg ab, und der Alfa verschwand nach knapp einem Kilometer in einem Waldstück, eine lange Staubfahne zurücklassend. Ich hielt neben der Straße an und blickte mich um. Ringsum waren sonst nur Wiesen und Felder, ganz weit hinten zeichneten sich ein Kirchturm und ein paar Hausdächer ab.

Die reinste Idylle, oberflächlich gesehen!

Ich wendete und fuhr zurück, folgte dem Feldweg, den Morawski genommen hatte, bis hin zu einem Wegkreuz. Dort stellte ich meinen Wagen ab, tarnte mich mit Strohhut und Sonnenbrille und stapfte los. Am Waldrand machte ich halt und horchte. Aber kein Laut drang zu mir heran. Ich ging vom Weg ab und schlug einen kleinen Bogen, drang erst dann in das Gehölz ein. Schlich von Baumstamm zu Baumstamm, wurde immer aufgeregter dabei. Die wildesten Spekulationen schossen mir durch den Kopf. Was wollten die beiden hier draußen? War es ihnen vielleicht gelungen, Ulrich irgendwie aus dem Haus zu locken? Und hatten sie ihn dann entführt und in ein Erdloch gesteckt, um ihn richtig auspressen zu können? Und waren nun dabei, ihr Opfer mit Limonade, kaltem Braten und Keksen zu versorgen?

Schon tief im Schatten der Bäume, nahm ich die Sonnenbrille ab und wischte mir den Schweiß aus dem Gesicht. Ein neuer, noch schrecklicherer Gedanke plagte mich plötzlich: Und wenn das Ganze für mich bestimmt war? Ein hundsgemeiner Hinterhalt, um mich aus dem Weg zu räumen? Vielleicht hatte ich etwas gesehen, das ich niemals hätte sehen dürfen! Und die beiden hatten mich nur hier rausgelotst, um mich unauffällig abservieren zu können.

Ein Stöhnen und Keuchen schreckte mich auf. Ich holte meinen Revolver raus, blickte gehetzt nach allen Seiten. Nichts. Ich eilte weiter, erreichte den Rand einer kleinen, von Gebüsch eingesäumten Lichtung. Glaubte, dahinter eine Bewegung wahrzunehmen. Ich streifte meine Tasche ab, ging in die Knie und robbte behutsam auf allen vieren weiter, den Colt fest umklammert. Kriegte kaum noch Luft, so aufgeregt war ich inzwischen. Mehr noch: Mir war, als würde ich durch eine Höhle kriechen, die immer enger und dunkler wurde, und an deren Ende etwas lauerte, das nach Tod schmeckte. Dann war ich endlich durch, hatte freien Blick auf das Stück Wiese, wo Morawski und Ramona ihr Unwesen trieben.

Ich hatte mit allem gerechnet, aber nicht mit diesem Anblick. Morawski hockte hinter seiner Schwester, die ihm ihren mächtigen Hintern entgegenreckte, und spielte mit seiner Zunge an ihrer Möse rum. Gleichzeitig wichste er. Beide waren nackt und in ziemlicher Ekstase. Das ging ein paar Minuten so, bis Morawski eine Essiggurke aus dem Korb holte, sie in Ramonas Spalte steckte und kurz darin umrührte. Dann verschlang er die Gurke mit ein, zwei schnellen Bissen. Ich wußte nicht, ob ich lachen oder entsetzt sein sollte. Jedenfalls kam ich mir plötzlich sehr deplaziert vor.

Nach dem kleinen Imbiß warf sich Morawski auf den Rücken, den Schwanz immer noch in der Hand. Ramona trippelte ein paar Schritte rückwärts, griff nach hinten und führte sich das gute Stück ein. Ich robbte zurück, verstaute mein Ding in meiner Tasche und verzog mich.

16.

Noch auf dem Rückweg rief ich Marion an, um sie über diesen speziellen Fall von Geschwisterliebe aufzuklären. Erstaunlicherweise nahm sie die Liaison ernster, als ich vermutet hatte. Ja, sie wirkte richtiggehend beunruhigt.

»Glauben Sie, das geht schon länger so?« fragte sie.

»Mein Gott, woher soll ich das wissen? Vermutlich ja, sie waren ziemlich gut aufeinander eingespielt, wie ich fand. Sehen Sie da etwa einen Zusammenhang?«

»Nicht unbedingt. Ich meine nur, so etwas ist doch ziemlich pervers, oder? Also wär's doch möglich, daß diese Frau vielleicht tiefer mit drinsteckt, als wir glauben, als sogenannte Normale?«

»Sicher, möglich ist alles. Aber Sie kennen ja den Spruch: Inzest ist schön, solange es in der Familie bleibt.«

»So? ... Na ja, vielleicht fehlt mir auch nur Ihre berufsbedingte Phantasie«, erwiderte sie kühl.

»Und jetzt, soll ich der Sache auf den Grund gehen oder so?« fragte ich ironisch.

»Wie, auf den Grund?«

»Nun, ob sich die beiden auch treu sind oder was sie sonst noch für Spielchen in petto haben?«

Pause. Dann: »Ich finde das nicht sehr witzig!«

»Tut mir leid. Ich hätte im Augenblick nur gute Lust, mir diesen Detektiv jetzt und sofort vorzuknöpfen.«

»Warum eigentlich nicht? Aber seien Sie um Himmels willen vorsichtig, ja?«

»Keine Sorge.«

Ich postierte mich gegenüber von Morawskis Stammkneipe, und kurz nach neunzehn Uhr tauchte er tatsächlich auf. Als ich zehn Minuten später reinging, hockte er allein an seinem Stammtisch, die Nase in der ›Bild‹-Zeitung. Er rauchte, sein Bierglas war fast schon wieder leer. Von Irmi oder dem Wirt war nichts zu sehen, aber aus der Küche waren Stimmen zu hören. Morawski blickte auf, erkannte mich. Er lächelte vage, machte dann eine Handbewegung, die ich als Einladung interpretierte. Ich setzte mich ihm gegenüber an den Tisch, meine Tasche plazierte ich auf dem Stuhl daneben.

»Na, schon eingezogen?« fragte er.

»Das wissen Sie noch?«

»Logisch . . .«

Nun war auch Irmi zur Stelle. Sie strahlte richtig bei meinem Anblick. Sie tat mir leid. » . . . und ich hab schon zum Sepp gesagt, schade, jetzt hat sie die Wohnung doch nicht genommen«, meinte sie.

»Sepp heißt die Wampe vorn am Tresen«, erklärte Morawski.

»Bitte mehr Respekt vor den Menschen, die dich mit dem Wichtigsten im Leben versorgen.« Irmi nahm das Bierglas an sich. »Und Sie?«

»Einen Schnaps«, erwiderte ich. »Einen doppelten. Und einen Kaffee.«

»Müssen's was verdauen?«

»Sozusagen . . .«

»Kommt sofort.« Irmi drehte ab in Richtung Tresen.

Morawski legte die Zeitung beiseite und bot mir eine Zigarette an. Ich schüttelte den Kopf. Ich dachte an Carls Warnung. Ob er bewaffnet war? Morawski steckte sich eine Zigarette an, blickte mich erwartungsvoll an. Ich hielt ihm kurzentschlossen die Hand hin.

»Wir sind übrigens Kollegen,« sagte ich. »Claudia Caspary. Ich hab mein Büro in der Kaiserstraße.«

Morawski starrte mich nur an. Ich zog meine Hand zurück und lächelte.

»Da wären Sie nie draufgekommen, stimmt's?« begann ich. »Und wenn Sie es ganz genau wissen wollen, bin ich beruflich hier. Hier bei Ihnen ...«

Morawski rutschte auf seinem Stuhl umher, die Augen zugekniffen. Er war rot geworden, auf seiner Stirn pochte eine Ader wie verrückt. Seine Zigarette hatte er längst vergessen. Zum Glück servierte Irmi nun die Getränke, was uns beiden eine Pause verschaffte.

»Zum Wohl, die Herrschaften ...«

»Danke.«

Ich kippte meinen Apfelbrand runter, wartete vergebens auf eine Antwort. Es schien fast so, als wollte Morawski mir die Show alleine überlassen.

»Mich würde vor allem interessieren, was Sie mit einem gewissen Ulrich Hochberger zu schaffen haben«, sagte ich weiter. »Und jetzt behaupten Sie nicht, Sie kennen den Mann nicht. Ich hab Sie neulich beide beobachtet ...«

»Hö?« Mehr brachte er nicht raus.

»Ulrich Hochberger«, sagte ich. »Sie wissen schon, der Mann mit dem Geld im Handschuhfach.«

»Wer schickt Sie?« krächzte er.

»Das kann ich Ihnen leider nicht sagen ...«

Morawski zermalmte seine Zigarette im Aschenbecher, umklammerte dann sein Bierglas. Unschlüssig, ob er daraus trinken oder es mir an den Schädel werfen sollte. Er fixierte kurz die Toilettentür, dann die paar Gäste am Nebentisch. »Dann sagen Sie mir einen Grund, einen einzigen Grund, warum ich mit Ihnen reden soll?« fragte er.

»Weil ich sonst annehmen muß, daß Sie ihm möglicherweise etwas angetan haben. Er ist nämlich verschwunden.«

»Was?«

»Verschwunden«, wiederholte ich. »Ulrich Hochberger hat letzte Nacht sein Haus verlassen und ist seitdem spurlos verschwunden. Und nachdem Sie beide Geschäftspartner sind, wenn ich das mal so ausdrücken darf, wissen Sie vielleicht den Grund dafür.«

»Wer sagt das?«

»Wer sagt was?«

»Daß er weg ist?«

»Seine Frau ...«

»Seine Frau? Die Marion?«

Ich nickte. »Ja. Sie kennen die Dame?«

Morawski schob sein Bierglas beiseite und beugte sich zu mir rüber. Er sagte: »Also noch mal von vorne: Seine gottverdammte Alte will wissen, was der Ulrich und ich zu schaffen haben? Und hat Sie deswegen engagiert?«

»So ist es ...«

»Ich glaube Ihnen kein Wort«, erwiderte er. Sah dabei aber aus, als würde ihn gleich der Schlag treffen.

»Und wieso nicht, wenn ich fragen darf?«

»Weil, weil ...« Er geriet ins Stammeln, verschluckte sich, hatte plötzlich Tränen in den Augen.

»Weil was ... ?« hakte ich nach.

»Unmöglich«, sagte er. »Sie lügen ...«

»Wenn Sie meinen«, erwiderte ich. »Aber dann muß ich mich an die Polizei wenden, so leid's mir tut.«

Morawski packte unvermutet mein Handgelenk, zog mich ein Stück zu sich rüber. Er senkte seine Stimme zu einem bedrohlichen Flüstern. »Seine Alte behauptet also, er ist letzte Nacht weg, und sie weiß nicht wohin?«

»Genau ...«

»Und deswegen hat sie Sie geschickt?«

»Sag ich doch ...«

»Damit Sie rausfinden, was da läuft zwischen dem Ulrich und mir?«

Ich nickte nur.

Dann fiel ihm wohl ein, daß ich vorhin die Geldübergabe erwähnt hatte. »Und wie lange geht das schon so?« fragte er, bedenklich ruhig.

»Nicht so lange . . . « erwiderte ich ausweichend.

Er stierte mich noch sekundenlang an, war dann mit einem Satz in der Höhe und kam mit ausgebreiteten Armen über den Tisch auf mich zu. Ich ging rücklings zu Boden, spürte noch seine Hände am Hals, bevor ich mit dem Hinterkopf aufschlug und alles schwarz und sehr leicht wurde. Als ich wieder klar sehen konnte, war Morawski von Sepp, Irmi und einem weiteren Gast umringt. Die alle Hände voll zu tun hatten, um ihn niederzuhalten. Ich wälzte mich aus der braunen Brühe, schüttelte ein paar Glassplitter ab und rappelte mich auf.

»Du hinterfotziges Miststück du«, brüllte Morawski. »Du sagst mir jetzt sofort, was der Scheiß soll?«

»Das wollte ich doch von Ihnen wissen«, erwiderte ich. »Haben Sie das noch immer nicht kapiert?«

Morawski riß sich los, wandte sich aber zur Tür. Gleich darauf war er draußen.

»Um Himmels willen, was war denn los?« fragte Irmi.

»Rein beruflich«, sagte ich. »Ich bin nämlich auch Privatdetektivin, und wie es scheint, haben Herr Morawski und ich ein Problem.«

»Soll ich die Polizei rufen?« fragte Sepp unsicher.

»Nein, nein, es geht schon wieder . . .«

17.

Wieder an der frischen Luft, hielt ich mich kurz an der Mauerkante fest und atmete ein paarmal kräftig durch. Ich fing mir ein paar mitleidige Blicke ein, eine ältere Frau zischte: »Besoffenes Gesindel.« Ich sah an mir hinab:

Meine Bluse und meine Jeans waren größtenteils braunfleckig durchnäßt. Unmöglich, länger so rumzulaufen.

Morawski war natürlich längst über alle Berge, trotzdem sah ich nach dem Alfa.

Fehlanzeige.

Ich setzte mich beim Spielplatz nebenan auf eine Bank und rief Marion an. »Er ist ausgeflippt«, erklärte ich. »Total ausgeflippt. Aber wenn das gespielt war, ist Marlon Brando ein blutiger Amateur dagegen.«

»Ist er etwa auf Sie losgegangen oder wie?«

»Nun ja, wenn's nach ihm gegangen wäre, hätte er mich wohl erwürgt.«

»Großer Gott . . .«

»Aber wie gesagt, er wirkte sehr überzeugend dabei.«

»Heißt das, Sie halten ihn für . . . unschuldig?«

»Hm, für unschuldig vielleicht nicht gerade. Eher für unwissend. Zumindest, was das Verschwinden Ihres Mannes angeht.«

»Aber er hat zugegeben, Ulrich zu kennen?«

»Indirekt ja . . . Er hat übrigens auch ein paarmal Bezug auf Sie genommen. Geradeso, als müßten Sie eigentlich wissen, weswegen Ulrich weg ist.«

Pause.

»Hallo, sind Sie noch da?« fragte ich.

»Ja, sicher . . . Vielleicht glaubt er, ich wüßte Bescheid. Vielleicht glaubt er, Ulrich hätte mich eingeweiht, als so eine Art Rückversicherung.«

»Schon möglich . . . Jedenfalls hat er mir fast leid getan, wie er so in die Luft ging.«

»Tatsächlich?«

»Na ja, nur ein bißchen eben.«

»Und was werden Sie jetzt unternehmen?«

»Vielleicht ist er zu seiner Schwester. Jedenfalls werde ich mich als nächstes dort mal umsehen.«

»Passen Sie auf sich auf, ja . . .«

»Keine Sorge ...«

Ich blieb noch eine Weile sitzen und dachte nach. Marion verschwieg mir etwas, soviel stand fest. War vielleicht tiefer in die Sache verstrickt, als mir lieb sein konnte. Zumal ich das Gefühl hatte, Morawskis Wutausbruch hätte hauptsächlich Marion gegolten, und nicht etwa Ulrich oder gar mir persönlich. Sollte ich den Fall also zurückgeben und mich ausklinken, oder mich lediglich umziehen? Infolge des Abstechers in meine Wohnung brauchte ich mehr als eine Stunde zu Ramonas Haus, aber der Alfa stand nicht davor. Nur Ramonas Fiat. Ich parkte ein Stück weit vom Haus entfernt ein und hatte kaum den Motor abgestellt, da ging die Haustür auf und Ramona kam raus. Sie trug Jeans und einen grauen Blazer und war sichtlich in Eile. Ich sprang aus dem Wagen und lief ihr entgegen. Ich wußte nicht genau, was mir vorschwebte. Vielleicht ein Gespräch von Frau zu Frau. Eine Chance, geschwisterliche Solidarität zu untergraben. Bei meinem Anblick blieb sie stehen und starrte mich an. Sie wußte also schon, wer ich war! Ich starrte zurück. Dann kam sie näher, breitbeinig, mit geballten Fäusten. Im Angebot eine Runde Damencatchen.

Ich blickte rasch um mich, aber nichts. Kein Mensch in Reichweite. Also griff ich kurzentschlossen in meine Tasche und zog meinen Colt raus. Das zeigte Wirkung. Leider etwas zuviel, denn Ramona wandte sich ab und hastete zurück zu ihrem Fiat. Ich hinterher: »Warten Sie, ich muß mit Ihnen reden ...«

Ramona hörte nicht auf mich. Sie stieg ein und fuhr rückwärts los, direkt auf mich zu. Ich sprang zur Seite, verfing mich mit dem Schuhabsatz und landete zum zweiten Mal an diesem Abend auf dem Hintern. Der Fiat wurde kurz abgebremst, fegte dann aber von dannen. Kaum wieder auf den Beinen, verspürte ich einen scheußlichen Schmerz von der linken Kniekehle aufwärts bis zur Hüfte.

Na bravo, dachte ich, jetzt hat dich auch noch der Hexenschuß. Nach Hause, mehr fiel mir nicht mehr ein. Nach Hause, ein heißes Bad, eine Ladung Aspirin und dann ab ins Bett. Aber vorher rief ich nochmals Marion an.

»Seine Schwester ist auch weg«, sagte ich. »Würde mich nicht wundern, wenn die zwei jetzt irgendeinen Blödsinn im Schilde führen. Besser, Sie ziehen in ein Hotel. Oder schalten endlich die Polizei ein.«

»Das bereden wir morgen, einverstanden?«

»Wie Sie wollen.«

Als ich kurz vor elf endlich ins Bett fiel, war ich erschöpft wie schon lange nicht mehr. Aber immer noch erhitzt und voller Unruhe. Dieses unselige Pärchen ging mir einfach nicht aus dem Sinn. Ebensowenig Marions überzogene Reaktion. Statt froh zu sein, daß ich die beiden nicht dabei überrascht hatte, wie sie Ulrich gerade ein Grab bereiteten, spielte sie plötzlich den Moralapostel.

Ich horchte auf das Donnergrollen in der Ferne, dachte an mein erstes Rendezvous, das auch von einem heftigen Gewitter begleitet worden war, wie in einem Kitschroman. Zum Glück fanden wir damals einen Heuschober, nur leider ohne Heu. Ein paar morsche Bretter und etwas Sackleinwand dienten uns als Unterlage. Ich schob meine Hand zwischen meine Schenkel und versuchte mir das Gesicht des Jungen vorzustellen. Es gelang mir nicht. Es gelang mir überhaupt nichts an diesem Abend.

18.

Ich war gerade wieder einmal aufgewacht, verschwitzt und mit einem ekligen Geschmack im Mund, da klingelte es an der Tür. Ich sah auf den Wecker: zwölf nach vier.

Mein erster Gedanke galt Morawski und seiner verkommenen Schwester. Standen die beiden nun vor der Tür, um mich gemeinsam in die Mangel zu nehmen? Ich setzte mich auf die Bettkante und rieb mir den Nacken. Die Tabletten hatten den Schmerz zwar verdrängt, aber mir war schwindlig und elend zumute.

Es klingelte erneut, lange anhaltend.

Na schön, dachte ich, bringen wir es hinter uns. Ich stand auf, schlüpfte im Dunkeln in meinen Bademantel und humpelte dann in den Flur, wo meine Tasche hing. Ich holte meinen Revolver raus, drückte auf den Knopf der Gegensprechanlage. Ich sagte: »Wer zum Teufel ist da . . . ?«

»Frau Caspary?« fragte eine helle Männerstimme. Definitiv nicht die von Morawski.

»Und wenn?«

»Hier ist die Polizei, Frau Caspary. Wachtmeister Hertlein vom vierzehnten Revier. Verzeihen Sie die Störung, aber wir müssen Sie bitten, mit uns zu kommen. Es ist sehr wichtig.«

Polizei!

»Warten Sie einen Augenblick, ja . . .« Ich lief ins Wohnzimmer hinüber und spähte auf die regennasse Hofeinfahrt hinunter. Tatsächlich, da stand ein Streifenwagen quer über den Gehsteig geparkt. Auch wenn ich Morawski einiges zutraute, dies wäre ein bißchen viel Aufwand gewesen. Ich ging wieder zur Tür. »Darf ich fragen, um was es geht, Herr Wachtmeister?«

»Tut mir leid, wir haben nur den Auftrag, Sie abzuholen und zu einer Adresse in Harlaching zu bringen. Alles weitere erfahren Sie dort.«

Harlaching! Also zu Marion.

»Ich bin nicht festgenommen?«

»Aber nein. Soweit ich informiert bin, sollen Sie nur als Zeugin gehört werden.«

»Na schön, warten Sie, ich komme in fünf Minuten runter.«

»Alles klar.«

Ich verstaute meinen Revolver wieder in meiner Tasche und sauste zurück ins Schlafzimmer, wo mein Handy lag. Wählte mit zittrigen Fingern Marions Nummer.

»Ja, bitte . . . ?« Wieder eine Männerstimme. Diesmal rauhhalsig und dunkel. Damit war jeder Zweifel ausgeräumt. Ich unterbrach die Verbindung, streifte meinen Bademantel ab und suchte nach frischen Klamotten. Tausend Gedanken wirbelten mir durch den Kopf. Ein Abholkommando mitten in der Nacht, das konnte nur eines bedeuten: Mord. Doch wen hatte es erwischt? Ulrich? Hatte man seine Leiche gefunden? Oder gar Marion? Ich wählte Jeans, einen leichten Pullover und meine feinste Lederjacke, putzte mir schnell noch die Zähne und eilte dann die Treppe hinab.

Die zwei Polizisten an der Haustür, ein Jüngling mit randloser Brille und ein rotgesichtiger Veteran, gaben sich routiniert gelassen. Keiner kam auf die Idee, mich zu filzen oder zumindest einen Blick auf den Inhalt meiner Tasche zu werfen. »Was ist mit Frau Hochberger?« fragte ich. »Dorthin fahren wir doch, oder?«

Der ältere schüttelte den Kopf. »Tut mir leid, aber wir dürfen Ihnen keinerlei Auskünfte geben.« Er griff nach meinem Arm. »Kommen Sie jetzt bitte . . .«

Ich ersparte mir weitere Fragen und schob mich in den Fond des Streifenwagens, wo es nach Pfefferminzbonbons roch. Die Fahrt verlief schweigsam, und wir waren, begünstigt durch die frühe Morgenstunde, rasch am Ziel. Dort allerdings war die Hölle los. Ein halbes Dutzend Streifenwagen und ein paar andere Pkws blockierten die letzte Hälfte der Straße zu Marions Haus. Für mich stand nun fest, daß Marion einem Verbrechen zum Opfer gefallen war; vermutlich von Morawski getötet.

Der Leichenwagen vorm Haus bestätigte meine Befürchtung.

Ich machte mir nun doch die heftigsten Vorwürfe. Herrgott, ich hätte die Frau nicht allein lassen dürfen, nicht nach diesem Fiasko in Morawskis Kneipe, nicht nach Ramonas Attacke. Meine Rückenschmerzen waren schließlich vergänglich.

Der Senior begleitete mich entlang den aufgescheuchten Nachbarn zum Hauseingang. Im Haus brannte überall Licht, dunkle Gestalten huschten hinter den Fenstern hin und her.

Ein Mann um die fünfzig, bullig und mit glatt rasiertem Schädel, löste sich aus der Menge, kam auf mich zu.

Paul.

Ich war selten so froh gewesen, ein bekanntes Gesicht zu sehen.

Paul drückte kurz meinen Arm. »Claudia, wie geht's dir?« Dabei stand ihm die eigentliche Frage ins Gesicht geschrieben: Soll ich zugeben, mit dir geschlafen zu haben oder nicht?

»Was soll das hier, Paul? Was ist passiert?«

»Ach, ne saudumme Geschichte . . .«

»Ist sie tot?«

»Du meinst Frau Hochberger?«

»Sie kennen sich?« unterbrach ein anderer Mann, der plötzlich vor uns stand.

Paul nickte. »Das ist Oberstaatsanwalt Bachmaier«, erklärte er. »Er leitet die Ermittlungen hier.«

Bachmaier war ein kleiner, dicklicher Mann, etwa in Pauls Alter. Er trug einen beigen Regenmantel und einen Anglerhut. Er sah bekümmert aus.

Endlich jemand, bei dem ich mich beschweren konnte. »Dann haben Sie mich also hierher beordert«, fuhr ich Bachmaier an. »Dürfte ich dann endlich erfahren, was eigentlich los ist?«

»Erst mal guten Morgen, Frau Caspary.« Bachmaier gab mir die Hand, bugsierte mich dann in den Hausflur. »Ich hab schon viel von Ihnen gehört.« Im Wohnzimmer standen ein paar weitere Beamte in Zivil und guckten zu uns her. »Wie gut kennen Sie Frau Hochberger eigentlich?« fragte Bachmaier mit samtweicher Stimme.

»Mein Gott, wie man seine Auftraggeber in der Regel eben so kennt«, erwiderte ich. »Im Grunde weiß ich überhaupt nichts von ihr, von ihrem Problem mit ihrem Gatten Ulrich einmal abgesehen.«

»Sie beide sind also nicht befreundet oder haben sonstwie engen Kontakt?«

Ich schüttelte energisch den Kopf. Bachmaier deutete die Treppe hoch. »Nach Ihnen, bitte ...«

Ich stieg die Treppe hoch, bog um die Ecke und erkannte ihn sofort an seinen hellblauen Wildlederslippern, mit denen er noch vor wenigen Stunden nach mir getreten hatte. Ich blieb stehen, blickte mich nach Bachmaier um. Der Staatsanwalt schob sich wortlos an mir vorbei und zupfte am Tuch, legte Morawskis Kopf und blutverschmierten Oberkörper frei.

Ich atmete befreit aus. Bachmaier registrierte meine Erleichterung. »Wen haben Sie denn erwartet? Frau Hochberger?«

Ich nickte. »Eigentlich schon ... Wo ist sie? Ist sie auch ... ?«

Bachmaier öffnete sachte die Tür neben sich. Ich trat vor, blickte in das Schlafzimmer dahinter. Marion lag im Bett, bis zum Kinn zugedeckt, hatte die Augen geschlossen. Eine junge Beamtin in Uniform, ein Taschenbuch in der Hand, hatte sich von ihrem Stuhl erhoben. Sie blickte abwechselnd zu mir und zu Bachmaier.

»Sie hatte gleich nach der ersten Vernehmung einen Kollaps«, erklärte Bachmaier. »Eigentlich sollten wir sie in ein Krankenhaus schaffen.«

»Was ist passiert?«

»Sie hat ihn erschossen. Vom Bett aus. Er stand genau da, wo Sie jetzt stehen. Er kam noch auf den Gang raus und ist dann zusammengebrochen.«

»Sie hat ihn erschossen! Mit was denn?«

Bachmaier lächelte knapp. »Sie werden's nicht glauben: mit einer Schußwaffe. Genauer gesagt, mit einem Revolver der Marke Smith & Wesson, Kaliber vierundvierzig ... So, und jetzt kommen Sie. Ich mache Ihnen jetzt einen Kaffee und dann erzählen Sie mir alles, was Sie wissen. Denn so wie es aussieht, haben wir diesen ganzen Schlamassel hauptsächlich Ihnen zu verdanken.«

19.

Bachmaier reichte mir ungefragt ein Glas Leitungswasser, danach bot er mir eine Zigarette an. Gauloises light. »Gewöhnlich rauche ich nur nach dem Essen«, sagte er dazu. »Aber ich denke, heute mache ich mal eine Ausnahme.« Er gab mir Feuer, holte eine Tasse als Aschenbecher heran und setzte sich dann zu mir an den Küchentisch. Es war inzwischen halb sechs vorbei. Ich rauchte mit hastigen Zügen, plötzlich überzeugt davon, nie mehr ausreichend Schlaf zu finden. Gott, was für eine Strafe!

»Dann schießen Sie mal los«, sagte Bachmaier. »Was wird hier gespielt?«

»Woher hatte sie die Waffe?« entgegnete ich.

»Ein Geschenk ihres Gatten, sagt sie. Illegal erworben, versteht sich.«

»Und Morawski, war der auch bewaffnet?«

Bachmaier nickte. »Mit einer Pistole Marke Browning, Kaliber Neunmillimeter. Lag neben ihm. Durchgeladen. Außerdem hatte er ein Springmesser einstecken.«

»Dann ist die Sache doch wohl ziemlich eindeutig, oder?«

»Sie meinen Notwehr? Das wird sich herausstellen ... Jedenfalls sind wir hier nicht in den USA, wo schon das Betreten eines fremden Grundstücks ausreicht, um legal erschossen zu werden.«

»Grundstück und Schlafzimmer sind aber zweierlei.«

»Sicher ... Also, ich warte.«

»Wollten Sie nicht Kaffee machen?«

»Ja, natürlich ...« Bachmaier sprang auf, zog sein Jakkett aus und hängte es über die Stuhllehne. Dann öffnete er ein paar Schranktüren, bis er Kaffee und Filter entdeckt hatte. Ich drückte meine Zigarette aus und erzählte Bachmaier dann, was sich seit meiner ersten Begegnung mit Marion so alles zugetragen hatte. Zwischendurch trank ich zwei Tassen Kaffee mit Milch und viel Zucker. Bachmaier machte sich keinerlei Notizen, sondern hörte nur zu. Niemand störte uns. Als ich fertig war, stand er auf, zog die Jalousien hoch und blickte zum Fenster hinaus. Es war inzwischen hellichter Tag. Und es hatte wieder angefangen zu regnen.

»Und was schließen Sie aus alldem?« fragte er nach einer Pause.

»Ich würde sagen, Hochberger hat wieder ein Ding gedreht, und Morawski ist ihm irgendwie auf die Schliche gekommen und hat ihn erpreßt. Bis Hochberger die Schnauze voll hatte ...«

» ... und sich abgesetzt hat«, ergänzte Bachmaier.

»Es spricht jedenfalls alles dafür, finden Sie nicht?«

»Sicher. Merkwürdig dabei ist nur, daß er weder seine Frau noch seine Tochter vor Morawski gewarnt hat.«

»Vielleicht hat er nicht damit gerechnet, daß Morawski so ausrasten würde?«

Bachmaier setzte sich wieder zu mir an den Tisch. Er rauchte bereits seine neunte oder zehnte Zigarette. »Und wenn die beiden Partner waren und dieser Hochberger anschließend versucht hat, seinen Komplizen mit Peanuts abzufinden?« Bachmaier blickte mich erwartungsvoll an.

Ich nickte. »Möglich ist alles . . .«

»Das würde auch Morawskis Reaktion in dieser Kneipe verständlicher machen, und vor allem sein Auftauchen hier«, sagte Bachmaier. »Er merkt, daß er endgültig ausgebootet ist, und flippt aus, ganz wie es seinem Naturell entspricht. Geht erst auf Sie los und kommt dann hierher, um sich zu rächen. Oder um Hochbergers Frau zum Reden zu bringen, über was auch immer.«

»Hat was für sich«, gab ich zu.

»Eben«, sagte Bachmaier, nun schon ganz hingerissen von seiner Theorie. »Ein reingelegter Komplize hat schließlich mehr zu verlieren als ein schlichter Erpresser. Da geht's dann auch noch um ganz andere Dinge. Zum Beispiel um seinen Stolz, um seine Ehre und den ganzen Kram. Kein Wunder also, daß er Ihnen an die Gurgel wollte.«

»Nach dieser Logik könnte unser Freund Hochberger jetzt sogar wieder auftauchen, oder? Ich meine, sein Widersacher ist tot, seine Frau mehr oder weniger aus dem Schneider, und es gibt eigentlich nichts, was Sie ihm konkret anhängen könnten, von dem Revolver einmal abgesehen.«

»Theoretisch ja . . . Was glauben Sie?«

»Es würde mich jedenfalls nicht überraschen. Ich halte ihn für ziemlich kaltblütig . . .«

Bachmaier lächelte vielsagend. »Kaltblütig, hm? Vielleicht ist er aber auch schon kalt und tot.«

»Wie meinen Sie das?«

»Mal angenommen, wir haben recht und die beiden haben tatsächlich gemeinsam ein Ding gedreht, und Hochberger hat Morawski dann aufs Kreuz gelegt. Dann wär's doch ebenso möglich, daß sich Morawski und Hochberger gestern nacht getroffen haben, wieder einmal Streit hatten und Morawski dabei die Nerven verloren hat. Mit dem Ergebnis, daß Hochberger am Ende tot dalag. Und ob das Ganze nun Absicht war oder aus Versehen geschehen ist, nun, das werden wir wohl nie mehr erfahren ... Jedenfalls läßt Morawski die Leiche anschließend spurlos verschwinden und tut so, als sei nichts passiert. Bis Ihre Wenigkeit auf der Bildfläche erscheint und ihm auf die Pelle rückt. Und er sich rasch irgendeine Erklärung für seine Verbindung zu Hochberger einfallen lassen muß.«

»Demnach wäre sein Auftritt in besagter Kneipe nur Show gewesen, fauler Zauber?«

»Exakt ...«

»Trotzdem fällt er ein paar Stunden später über die Frau her?«

»Klar, um weiter von sich abzulenken. Damit wir glauben, ihm ginge Hochbergers Verschwinden ebenso an die Nieren wie allen anderen ...«

»Wieso sind Sie plötzlich so überzeugt davon, daß Hochberger tot ist?«

»Seine Tochter ...«, erwiderte er.

»Diese Anna-Maria? Was ist mit der?«

»Sie haben mir doch eben erzählt, daß die beiden ein sehr herzliches, liebevolles Verhältnis zueinander hatten. Eine Vater-Tochter-Beziehung wie aus dem Bilderbuch. Ich meine, daß er seine Frau im ungewissen läßt, könnte ich gerade noch verstehen. Aber daß er seine über alles geliebte Tochter der Gefahr aussetzt, von diesem Morawski angefallen zu werden, also das kann ich nicht mehr nachvollziehen.«

»Hübsche Konstellation: Verbrecher bringt seinen Komplizen um und wird beim Vertuschen zufällig von der Ehefrau des Opfers gerichtet.«

Bachmaier lachte befreit. »Genau ... Hat ja direkt alttestamentarische Qualität, finden Sie nicht?«

»Dann können wir jetzt nur noch hoffen, daß dieser Hochberger wirklich nichts mehr von sich hören läßt. Oder uns diese Ramona was völlig anderes erzählt.«

Bachmaier nickte. »So ist es.«

»Glauben Sie denn, daß Sie die Frau demnächst auftreiben?« fragte ich spitz.

»Keine Sorge ... Woher kennen Sie eigentlich den Kollegen Strecker?«

»Paul?« Ich überlegte kurz, entschied dann, nicht auszuweichen. »Nun, wir hatten mal eine Affäre, so vor zwei Jahren.«

»Was dagegen, wenn er Sie heimbringt?«

»Nein, absolut nicht ...«

20.

»Hätte nicht gedacht, daß wir uns so wiedersehen«, sagte Paul, nachdem wir losgefahren waren. »War das deine erste Leiche? Ich meine, beruflich gesehen?«

»In diesem Job ja ...«

»Ja, richtig, du bist ja gelernte Krankenschwester ... Sag mal, warum hast du mich eigentlich nie zurückgerufen? Ich hab dir mindestens zehnmal auf Band gesprochen.«

Es war Zeit, daß ich jemanden rumschubsen konnte. »Du bist echt ein lieber Kerl, Paul«, sagte ich. »Verträglich, ruhig und manchmal sogar richtiggehend witzig. Aber leider alles andere als ein strammer Liebhaber. Und genau so einen will ich, wenn ich einen verheirateten Mann zwischendurch mal in mein Bett lasse. Ich meine, ich hab dreimal länger gebraucht, deinen

Schwanz steifzukriegen, als du mich nachher gebumst hast.«

Paul knurrte irgendwas vor sich hin, sagte dann: »Dafür gäbe es jetzt ja dieses neue Wundermittel . . .«

»Ich weiß. Schon ausprobiert?«

»Ich nicht. Aber ein Kollege.«

»Und?«

Paul grinste. »Er hat gemeint, sein Schwanz wäre jetzt zum ersten Mal härter als sein Leben . . .«

»Na also . . .«

»Das mit dem Verheiratetsein hat sich übrigens inzwischen erledigt.«

»Schön für dich.«

»Also, was meinst du?«

Ich tätschelte kurz seinen Arm. »Tut mir leid, aber ich hab eine schlimme Nacht hinter mir. Wir reden ein andermal über alles, einverstanden?«

In Pauls Augen blitzte ein Hoffnungsschimmer. »Heißt das, ich hätte noch eine Chance?«

»Klar doch.«

Paul fuhr mich bis unmittelbar vor die Haustür. »Soll ich noch mit hochkommen?« fragte er.

Ich schüttelte den Kopf. »Es geht schon wieder. Also bis dann . . .« Ich stieg aus und schleppte mich die Treppe hoch. Endlich wieder zu Hause! Aber nun, nachdem die erste Aufregung vorbei war, kamen auch meine Kreuzschmerzen wieder. Heute würde mich jedenfalls nichts mehr außer Haus bringen, nicht mal Bachmaier und sein verdammtes Protokoll. Ich war ohnehin aus dem Spiel.

Der Schweißgeruch umhüllte mich, kaum, daß ich die Wohnungstür geöffnet hatte. Aber da war es schon zu spät: Neben mir wuchs eine Gestalt hoch, versetzte mir einen Schlag in den Nacken. Meine Knie gaben nach, ich fiel mit dem Gesicht nach vorne auf den Läufer. Unfähig zu sprechen, blieb mir dann auch noch die Luft weg. Zum ersten Mal in meinem Leben packte mich Todesangst. Ich sah noch Morawski unter diesem Tuch liegen, reglos, kalt, dann gingen auch bei mir die Lichter aus.

21.

Als ich wieder klar sehen konnte, lag ich noch immer am Boden. Nun allerdings im Wohnzimmer und auf dem Rücken, und über mir thronte Ramona, einer Rachegöttin gleich, die rechte, mehrfach beringte Faust zum Schlag erhoben.

»Wenn du schreist, hau ich dir die Nase zu Brei«, sagte sie.

»Alles klar«, erwiderte ich. »Nur keine Panik . . .«

Ramonas feiste Schenkel drohten, mir den Brustkorb einzudrücken. Ich atmete möglichst flach, checkte blitzschnell, was sonst noch defekt war. Mein linker Arm fühlte sich taub an, mein Nacken brannte wie Feuer. Und mir war übel. Herzergreifend übel. Ich verschwendete keinen Gedanken an Gegenwehr.

Ramona war auf einem verdammt bösen Trip, aber immerhin wollte sie mit mir reden. Es war also längst nicht alles verloren. Eigentlich der Wunschtraum eines jeden Masochisten, so eine Situation! Nur war dies leider kein Spiel, und ich verfügte auch über kein Codewort, um diesen Spuk zu beenden. Ramona steckte noch in ihren Klamotten vom Vorabend, und ihre ungehemmte Transpiration verursachte mir Brechreiz.

Wie hatte sie vom Tod ihres Bruders erfahren? Aus dem Polizeifunk? Oder war sie ebenfalls dort gewesen, quasi als Rückendeckung?

»Ich krieg gleich Besuch«, sagte ich. »Besser, Sie verschwinden, solange Sie noch können.«

»Und du kriegst gleich ein paar in die Fresse«, erwiderte sie ungerührt.

»Das mit Ihrem Bruder tut mir leid, ehrlich«, sagte ich. »Aber ich hab mit der ganzen Sache nichts zu tun. Sie haben sich die falsche Person für Ihren Rachefeldzug ausgesucht.«

Ramona schnaubte verächtlich. »Du willst also weiter behaupten, diese Drecksfotze Marion hat dich beauftragt, hinter Erich herzuspionieren?« herrschte sie mich an. »Weil sie angeblich wissen wollte, was ihr Alter und mein Bruder zu schaffen hätten miteinander? Und daß ihr Alter vorgestern nacht spurlos verschwunden wäre?«

»Genauso ...«

Ramona legte unvermutet beide Hände um meinen Hals und drückte zu. Ich strampelte ein wenig mit den Beinen, aber zwecklos. Als ich schon die Englein singen hörte, ließ sie wieder los. Ich hustete, spuckte, hatte wieder dieses Flimmern vor den Augen.

»Jetzt paß mal gut auf, du blöde Fotze«, sagte sie. »Kann sein, daß ich dich am Leben lasse. Kann aber auch sein, daß ich dir erst deine Innereien zu Brei schlage, bevor ich dir das Genick breche. Aber ich will jetzt endlich wissen, was hier gespielt wird. Und hör auf mit dieser Unschuldsnummer, hast du verstanden? Wo steckt dieser Scheißkerl Ulrich? Und wie steckst du da drin?«

»Sie tun mir weh«, sagte ich. »Ich brauche Luft. Dann erzähle ich Ihnen die ganze Geschichte.«

Ramona rutschte ein Stück zurück, mehr nicht. Malträtierte nun meine prall gefüllte Blase. Ich pumpte Sauerstoff in meine Lunge, zugleich regte sich der erste Widerstandsgeist in mir. Verdammt nochmal, was fiel dieser besenstielschwingenden Nutte eigentlich ein, sich hier so aufzuspielen? Ich hatte schließlich nichts verbrochen, ganz im Gegensatz zu diesem Pack! Kein Grund also, weiterhin das blöde Opfer zu spielen.

»Ich warte . . .« sagte Ramona.

Also leierte ich erneut runter, was seit Marions Auftauchen in meinem Büro vor knapp einer Woche so alles geschehen war. Ich verschwieg nur Carls Ausführungen bezüglich Morawski und natürlich dieses Waldintermezzo. Statt dessen gab ich an, sie kurz nach ihrer Abfahrt im Verkehr verloren zu haben. Abschließend beteuerte ich nochmals meine Unschuld an Morawskis vorzeitigem Ableben.

Ramona blickte mich verwirrt an. Sie wirkte nun ebenfalls mehr erschöpft denn angriffslustig. Sie verlagerte ihr Gewicht weiter nach hinten.

»Diesen Scheiß soll ich Ihnen glauben?« fragte sie dann, durchaus unsicher geworden.

»Es ist die Wahrheit«, erwiderte ich. »Vielleicht eine etwas blöde Wahrheit, aber die einzige, die ich anbieten kann. Und eines müssen Sie mir glauben: Ich konnte wirklich unmöglich vorausahnen, was heute nacht passiert ist.«

Dann war die Gelegenheit da, und ich dachte an den Spruch von diesem Ausbrecherkönig, der mir vor Jahren in Nairobi über den Weg gelaufen war. Der hatte gesagt: Nutze immer die erste Chance, denn sonst wartest du auf die zweite und dann auf die dritte und sitzt ein, bis du schwarz wirst.

Ich zog ruckartig die Beine an und stieß Ramona dann mit aller Kraft die Absätze in den Bauch. Nun war sie es, die nach Luft schnappte. Gleichzeitig wurde sie hübsch grau im Gesicht. Ich rollte mich auf die Seite, stemmte mich auf den rechten Ellbogen und machte, daß ich an Höhe gewann. Ramona grapschte nach meinem linken Hosenbein, aber ich riß mich los und humpelte in den Flur hinaus. Nur schnell weg, dachte ich. Und ich hatte die Hand schon an der Türklinke, da fiel mein Blick auf meine Tasche, die neben dem Schirmständer lag. Ich bückte mich kurzentschlossen, fischte meinen Revolver raus. Ramona kam währenddessen in geduckter Haltung näher, vergleichbar mit der Wucht einer Dampfwalze. Ich packte den Colt mit beiden Händen, fiel auf die Knie und spannte den Hahn.

Ramonas Faust streifte meinen linken Unterarm, kam keine Handbreit vor meinem Kinn zum Stillstand. Ich zielte auf einen Punkt über ihrer Nasenwurzel. Ich wagte es nicht, auch nur ein Wort zu sagen. Ich war zu allem entschlossen. Nur noch eine winzige Bewegung zu meinen Ungunsten, und Ramonas massiger Schädel würde bersten wie eine reife Melone.

Ramona blinzelte ein paarmal, zog dann ihre Faust zurück. Wieder auf Abstand, ging sie ebenfalls in die Knie, die Hände leicht angehoben. Sekundenlang war nichts weiter zu hören als das Geräusch unserer Atemzüge.

»Das wird Ihnen nicht viel nützen«, sagte ich. »Ich glaube, ich werde Sie dennoch erschießen. Sonst hab ich Sie für den Rest meines Lebens doch im Nacken, oder etwa nicht?«

Ramona schüttelte den Kopf. Ihre Oberlippe zuckte unkontrolliert. Ich glaubte ein »Bitte ...« zu vernehmen.

»Es sei denn, wir suchen gemeinsam nach einem Ausweg«, sagte ich weiter. »Aber dann müssen auch Sie auspacken.«

»Damit Sie nachher zu den Bullen rennen und mich verkaufen«, stieß sie hervor.

»Soviel ich weiß, sind Sie vorbestraft, wegen so einer Besenstielattacke. Also bringt Ihnen dieser Auftritt hier garantiert fünf Jahre ein ... Aber bitte, noch haben Sie die Wahl.«

»Okay, aber keine Bullen ...«

Ich nickte. »Keine Bullen, solange Sie bei der Wahrheit bleiben.«

»Versprochen?«

»Versprochen.«

Ich senkte den Colt und rappelte mich auf. »Nicht böse sein«, sagte ich zu Ramona, »aber wie wär's, wenn Sie erst mal meine Dusche benutzen würden. Ich mach uns inzwischen Kaffee.«

»Für mich Tee, wenn's geht . . .«

22.

Zwanzig Minuten später hockte Ramona mir gegenüber am Küchentisch, trank schwarzen Tee und rauchte. Wie eine gute alte Freundin. Wozu auch mein Bademantel und der Geruch meines Duschgels beitrugen. Eine übergewichtige Hausfrau in mittleren Jahren, die Kummer hatte, genauso wirkte sie.

»Es war diese Entführung, die vor drei Wochen bekannt wurde«, sagte sie schließlich. »Arvid Bartok, der Junge von diesem Handelskettentyp, Sie wissen schon.«

Ich nickte nur. Ich hatte ja einiges erwartet, aber gleich Entführung und Mord. Denn obwohl das Lösegeld in Höhe von zwanzig Millionen bezahlt worden war, hatte sich bislang keine Spur von dem Jungen gefunden. So daß inzwischen niemand mehr daran zweifelte, daß er doch umgebracht worden war. Was die Angehörigen denn auch veranlaßte, eine Belohnung in Höhe von fünf Millionen auszusetzen.

»Aber ich selbst hatte nichts damit zu tun, damit das klar ist«, fuhr Ramona fort. »Nur der Erich. Und der auch nur, weil ihn die anderen zwei dazu überredet haben.«

»Die anderen zwei?« fragte ich. »Heißt das, es gibt da neben Ulrich noch einen dritten Mann?«

Ramona drückte ihre Zigarette aus, lachte gehässig. »Jetzt überlegen Sie mal scharf, wer das sein könnte.«

»Doch nicht Marion?«

»Bravo. Sie sind ja eine ganz Schlaue!«

»Aber das ist doch Schwachsinn!«

»Wollen Sie jetzt die Geschichte hören oder nicht?«

»Ja, sicher ... Entschuldigen Sie.«

»Also, der Erich und dieser Scheißkerl haben sich im Knast kennengelernt, letztes Jahr. Und als beide wieder draußen waren, das war heuer im Februar, haben sie angefangen, die Sache zu planen. Das heißt, mein Bruder hat eigentlich nur das gemacht, was der andere sich ausgedacht hatte, eben diesen ganzen Überwachungs- und Abhörkram. Das war ja sein Spezialgebiet ...«

»Abgehört? Wen denn?«

»Sie wissen doch, was die Schwachstelle bei jeder Entführung ist, oder?«

»Die Geldübergabe?«

»Genau. Und dann natürlich noch die Frage, ob die Scheine registriert sind oder nicht.«

Ich nickte nur.

»Also hatte der Ulrich folgende Idee: Der Erich sollte das Büro, den Wagen und vor allem die Villa vom Vater des Jungen mit Wanzen vollstopfen, so daß sie mitbekommen, was die Gegenseite so alles im Schilde führt.«

»Nicht schlecht«, gab ich zu.

»Genau. Hat auch alles wunderbar funktioniert. Und dieser Bartok war auch echt kooperativ. Hat weder die Bullen eingeschaltet noch die Kohle irgendwie präpariert. Lief echt alles wie am Schnürchen ...«

»Und wieso haben Ihre Freunde den Jungen dann doch getötet?«

Ramona umkrallte ihre Tasse, und ich befürchtete schon, sie würde mir den Tee ins Gesicht schütten. Sie war wieder zornig. »Ich sag doch, der Erich war nur für den technischen Scheiß zuständig. Alles andere haben die zwei anderen entschieden. Er war jedenfalls dafür, Wort zu halten und den Jungen wieder freizulassen.«

»Und warum ist dies nicht geschehen?«

»Der Junge hat Marion angeblich angegriffen und ihr dabei die Maske abgerissen. Und da wollten sie kein Risiko eingehen.«

»Und dann?«

Ramona zuckte mit den Schultern. »Ulrich hat nur gesagt, sie hätten die Leiche irgendwo entlang der Isar vergraben.«

»Und das Lösegeld, die zwanzig Millionen, was ist damit geschehen?«

»Das ist es ja! Die hat sich dieser Dreckskerl Ulrich unter den Nagel gerissen. Und sich dann geweigert, dem Erich seinen Anteil auszuzahlen.«

Langsam fügte sich das Puzzle. Nur meine Rolle, die war mir noch völlig unklar. »Und mit welcher Begründung?« fragte ich, obwohl ich mir Ulrichs Ausreden gut vorstellen konnte.

»Angeblich aus Sicherheitsgründen. Weil der Erich als notorischer Spieler sowieso gleich wieder alles verzocken würde. Oder sonstwie auffallen würde mit der ganzen Kohle.«

»Verstehe . . .«

»Er hat behauptet, er würde das Geld erst mal ins Ausland schaffen, und dann, wenn sich die Lage beruhigt hätte, würde der Erich auch seinen vollen Anteil kriegen.«

»Und der wäre gewesen?«

»Drei Millionen . . .«

»Und bekommen hat er bis jetzt?«

»Nicht mal zweihunderttausend.«

»Was Ihrem Bruder verständlicherweise gar nicht zugesagt hat.«

Ramona warf mir den nächsten bösen Blick zu. »Schlaue Reden führen, das können Sie, was . . . ?«

»Ich finde es nur etwas komisch, daß er nicht versucht hat, mit Gewalt an sein Geld zu kommen!«

Ramona nickte widerwillig. »Deswegen ist er dann ja auch zu mir gekommen. Er war völlig daneben. Aber vor diesem Ulrich hatte er irgendwie Schiß.«

»Also sollten Sie ihm helfen, oder wie?«

»So ungefähr . . .«

»Dieser Staatsanwalt ist echt clever. Der hat gleich auf so was wie eine Partnerschaft getippt. Allerdings dachten wir, daß Ulrich längst tot ist, umgebracht von Ihrem Bruder.«

»Das würde euch allen so passen, das glaube ich.«

Ich stand auf. »Aber genauso macht es einen Sinn«, sagte ich heftig. »Das Ganze war eine hundsgemeine Intrige, um Ihren Bruder in dieses Haus zu locken. Und ich hab den Köder gespielt.«

Ramona blickte mich verständnislos an.

23.

»Das war der perfekte Mord«, sagte ich. »Und sie mußte dazu nicht mal aus dem Haus gehen. Brauchte sich um kein Alibi zu sorgen, brauchte keine Angst zu haben wegen irgendwelcher Zeugen. Die hat wie eine Spinne im Netz auf ihr Opfer gewartet. Und ich blöde Kuh hab ihr treudoof die Argumente dazu geliefert.«

Ramona blickte mich ungläubig an. »Sie meinen, das war alles von langer Hand geplant?«

»Natürlich, wozu sonst hätten mich die beiden gebraucht? Die haben mich nur engagiert, damit ich Ihren Bruder sozusagen in Verruf bringe. Dann verschwindet unser Freund Ulrich ohne jede Erklärung von der Bildfläche, und alle Welt glaubt nun, Ihr Bruder sei dafür verantwortlich. Der ist natürlich völlig ahnungslos und entsprechend aus dem Häuschen, wie ich ihm die schlechte Nachricht überbringe. Auf Marions ausdrücklichen Wunsch übrigens; von der Polizei wollte sie partout nichts wissen, weil die ihn ja garantiert erst mal in U-Haft gesteckt hätte ... Und was macht Ihr Bruder, sowie er mich abgehängt hat: Er geht erwartungsgemäß auf Marion los, blind vor Wut. Verschafft sich Zutritt zu ihrem Haus, zu ihrem Schlafzimmer. Und die knallt ihn eiskalt ab, angeblich in Notwehr. Und damit sind alle Spuren verwischt. Ende der Vorstellung. Ihr Bruder ist tot, dieses Schwein Ulrich gilt ab jetzt auch als tot, und Marion gilt als die verfolgte Unschuld. Wie gesagt, einfach perfekt.«

»Und daß der Revolver, den sie benutzt hat, illegal erworben war? Macht das überhaupt nichts aus?«

»Eigentlich nicht, wenn das Ding dann aus einem vertretbaren Grund benutzt wird. Ich schätze mal, im schlimmsten Fall kriegt sie wegen fahrlässiger Tötung drei Jahre auf Bewährung ... Jetzt verstehe ich auch, wieso Marion so aufgeregt war über Ihre kleine Affäre?«

»Was für eine Affäre denn?«

Es war mir immer noch peinlich, aber was sollte ich machen? Also berichtigte ich meine Erzählung und erwähnte mit knappen Worten diese inzestuöse Landpartie. Ramona lief rot an, schwieg minutenlang. »Er war mit vierzehn mal ziemlich krank, über ein Jahr lang«, sagte sie dann. »Eigentlich haben wir alle geglaubt, er übersteht es nicht. Also hab ich mich eines Nachts zu ihm gelegt, einfach, um ihm ein bißchen Wärme zu geben. Und dann, na ja, dann hat es sich so ergeben ...«

Ich nickte. »Jedenfalls standen Sie Ihrem Bruder damit näher, als bis dahin bekannt war. Und dementsprechend beunruhigt war Marion.«

»Und warum haben sie das Ganze dann vorsichtshalber nicht abgeblasen?«

»Ich bin sicher, die beiden haben heftig diskutiert darüber. Aber manchen Leuten fällt es eben ziemlich schwer, einen einmal liebgewordenen Plan wieder fallenzulassen. Ich glaube, die beiden waren so entzückt von ihrer miesen kleinen Intrige, die konnten gar nicht mehr anders. Das einzige, was mich stört, ist diese Anna-Maria.«

»Seine Tochter?«

»Ja. Aber ich glaube langsam, daß ein Mensch, der eine Entführung durchzieht und zwei Menschen dabei opfert, daß der fähig ist, zugunsten von zwanzig Millionen die Bindung zu seinem Kind zu opfern.«

»Und was jetzt?«

»Jetzt gehen wir zu Staatsanwalt Bachmaier und machen den beiden das Leben heiß, oder was haben Sie denn gedacht?«

Ramona fuhr hoch, ihre Augen blitzten. »Niemals.«

»Was?« Ich glaubte, mich verhört zu haben.

»Ich hab gesagt: niemals. Und Sie haben vorhin versprochen, nicht die Polizei einzuschalten.«

»Aber, Sie sind doch ebenso reingelegt worden wie ich?«

»Ich bin vorbestraft, schon vergessen? Und ich kenn die Bullen! Die hängen mir garantiert was an. Und mein Bruder wird dadurch auch nicht wieder lebendig.«

»Jetzt übertreiben Sie aber«, wandte ich ein. »Dieser Bachmaier scheint mir ganz reell zu sein.«

»Sie haben doch selbst gesagt, die hätten alle Spuren verwischt. Dann steht Aussage gegen Aussage. Diese Marion wird sich die besten Anwälte nehmen und behaupten, ich hätte das alles nur erfunden, um mich für den Tod meines Bruders zu rächen.«

»Sicher, es wäre vermutlich ein reiner Indizienprozeß. Aber ich glaube nicht, daß sie durchkommen würde . . .«

»Na schön, und was hätten wir davon? Dann läuft der Oberscheißkerl immer noch frei herum, und wir stehen mit leeren Händen da.«

In mir regte sich ein Verdacht. »Was wollen Sie damit ausdrücken?« fragte ich vorsichtig.

»Wir greifen uns dieses Miststück und quetschen es aus . . .«

»Sie sind ja wahnsinnig!«

»Wieso denn? Ich hab ein paar Kunden, die stehen auf Verhörspiele. Mal sehen, was passiert, wenn wir sie von Kopf bis Fuß mit Paketklebeband verschnüren, nur ein Nasenloch freilassen, wo sie dann durch einen Strohhalm Luft kriegt . . . Das hält keiner lange aus, das garantier ich Ihnen. Und es hinterläßt absolut keine Spuren.«

»Und Sie glauben, der Staatsanwalt würde das auch so differenziert sehen?«

»Wenn's doch einem guten Zweck dient . . .«

»Das hat die Inquisition auch behauptet. Aber okay, nur mal angenommen, wir bringen die Frau zum Reden, und sie gesteht auch die Entführung, das Komplott gegen Ihren Bruder, verrät uns vielleicht sogar, wohin Ulrich abgetaucht ist . . . Glauben Sie im Ernst, so ein erzwungenes Geständnis wäre vor Gericht auch nur einen Pfifferling wert? Ich sag Ihnen, was passieren würde: Die würden uns wegen Freiheitsberaubung, Körperverletzung und was sonst noch drankriegen, und Marion würde nicht ein Haar gekrümmt . . . Mit anderen Worten, wir müßten die Frau anschließend töten, schon, um uns selber zu schützen.«

»Jederzeit«, sagte Ramona. »Absolut kein Problem für mich.«

»Aber für mich, verstanden?«

»Sie wollen sie also einfach so davonkommen lassen?«

»Reden Sie mit diesem Staatsanwalt. Vielleicht macht er einen Deal mit Ihnen?«

Ramona schüttelte energisch den Kopf.

»Was dann . . . ?«

»Das kann ich Ihnen sagen: Dann will ich wenigstens die Kohle sehen, den Anteil meines Bruders. Das wäre das Wenigste . . .«

»Und wie, wenn ich fragen darf?«

»Wir erpressen sie, ganz einfach. Stellen sie vor die Wahl: Entweder die Bullen oder das Geld.«

Warum eigentlich nicht, dachte ich. Doch keine schlechte Idee, diese Frau mit ihren eigenen Waffen zu schlagen. Zumal es auch noch einen Preis zu gewinnen gab, eben diese fünf Millionen Belohnung. Und ich hätte auf diese Weise auch Ramona unter Kontrolle. »Okay«, sagte ich, »einverstanden. Aber nur pro forma. Nur um sie aus der Reserve zu locken . . .«

»Aber . . .«

»Nichts aber«, unterbrach ich. »Wir begnügen uns dann mit der Belohnung. Fünf Millionen durch zwei geteilt ergibt auch ein hübsches Sümmchen.«

»Wenn Sie meinen . . .« Es klang nicht sehr überzeugt.

»Nur auf dieser Basis, damit das klar ist.«

»Ich sag doch: Wie Sie wollen. Hauptsache, wir kriegen sie dran.«

Ich mußte zum wiederholten Mal gähnen, brauchte endlich Ruhe. Ich stand auf, tätschelte kurz Ramonas Schulter. »Sie bringen jetzt erst mal das mit der Polizei hinter sich«, sagte ich. »Nach Ihnen läuft nämlich eine Großfahndung, schon vergessen? Dann sehen wir weiter, okay?«

Ramona fiel mir um den Hals und weinte plötzlich.

24.

Obwohl ich vergangene Nacht kaum ein Auge zugemacht hatte, fand ich keinen Schlaf. Also stand ich wieder auf und setzte mich mit einem Glas Milch und ein paar Keksen vor den Fernseher. Würde Ramona durchhalten? Ich wünschte mir fast, es wäre nicht der Fall. Aber die Frau hatte natürlich recht, von ihrem Standpunkt aus gesehen. Sowie sie die Entführung auch nur andeuten würde, würde man sie auf der Stelle einkassieren. Und garantiert nicht mehr lockerlassen, angesichts ihrer Vorstrafe und ihrer Profession. Und garantiert würde mehr an ihr hängenbleiben als nur eine verspätete Mitwisserschaft. Die Frau hatte also ein paar verdammt gute Gründe, sich dumm zu stellen. Sie hatte schon ihren Bruder verloren, sollte sie auch noch ihre Freiheit verlieren?

Aber ich, was waren meine guten Gründe?

Schön, ich war angeschmiert und benutzt worden, um einen Mord einzufädeln, um einem Gangsterpärchen einen geradezu brillanten Abgang zu ermöglichen. Damit könnte ich doch leben, oder? Das war doch keine Rechtfertigung, um nun selbst kriminell, selbst zum Erpresser zu werden. Schöne Aussichten: Erst würde ich ein Kapitalverbrechen verschweigen, dann würde ich von diesem Verbrechen auch noch profitieren.

Logisch, die Belohnung! Aber falls die Sache aus dem Ruder lief, würde uns niemand abnehmen, daß wir nur hinter der Belohnung her waren. Dann würde das Ganze eher nach einem Bandenkrieg riechen.

Es war einfach lächerlich, der totale Wahnsinn. Ich riskierte bei dieser Aktion nicht nur meinen guten Ruf, sondern Kopf und Kragen. Ich blickte zum Telefon. Sollte ich mir ein Taxi rufen und zu Bachmaier fahren? Ich hatte Ramona mein Wort gegeben, und wenn schon! Entscheidend ist schließlich nicht, daß man sein Wort gibt, sondern wem man es gibt. Ich war dieser Frau nichts schuldig, im Gegenteil.

Ich konzentrierte meine Aufmerksamkeit vorübergehend auf den Fernseher, auf die Sorgen anderer Leute. Aber dann hatte ich wieder Marion vor Augen, bei ihrem ersten Besuch in meinem Büro. Gott, und ich hatte sie auch noch bedauert! Plötzlich fand ich meine Bedenken kleinlich und egoistisch. Ich hockte hier gut aufgehoben in meiner Wohnung, sicher und mit allem versorgt, und dieser kleine Junge, wie war dem wohl zumute gewesen, erst brutal verschleppt und dann tagelang gefangengehalten? Dann erschlagen und irgendwo vergraben wie ein Stück Abfall. Oder Morawski? Wie hatte der sich wohl gefühlt, als ihm sein Fehler klargeworden war? Marion hatte ihn vom Bett aus quasi exekutiert, und womöglich hatte sie dabei den Orgasmus ihres Lebens gehabt.

Nein, Ramona hatte absolut recht: Diese Frau verdiente etwas anderes. Die verdiente eine Revanche der ganz besonderen Art. Die sollte sich nicht hinter Anwälten und Paragraphen verstecken, und ihre Rechte geltend machen können. Die sollte erst mal am eigenen Leib erfahren, wie es ist, einem unsichtbaren Gegner ausgeliefert zu sein. Die sollte schwitzen und sich winden. Und dann, wenn sie glaubte, es doch noch geschafft zu haben, dann sollte die Falle endgültig zuschnappen.

Ich sprang auf und lief im Zimmer umher. O nein, Teuerste, dachte ich, wir sind noch nicht fertig miteinander. Ich machte den Fernseher aus, holte mir eine Decke und legte mich auf die Couch. Was mir plötzlich wirklich Kopfzerbrechen bereitete, war Ramona. Würde ich die Frau auch im Griff und auf Kurs halten können? Sie war immerhin eine Kämpfernatur, mutig und verschlagen. Aber auch aggressiv, hitzköpfig und ziemlich skrupellos. Egal, sagte ich mir dann, man kann sich seine Partner nicht immer aussuchen. Egal, ob mutig, verrückt oder dumm, Hauptsache, ich war nicht allein bei diesem Kampf.

Und nun, wo alles geklärt schien, kam endlich auch der Schlaf über mich.

25.

Ich träumte ziemlichen Unfug an diesem Nachmittag, sogar mein Ex-Mann kroch wieder durch die Kulissen, aber immerhin, ich schlief. Als ich kurz nach siebzehn Uhr dann von der Couch plumpste, war ich zwar nicht gerade erfrischt und voller Tatendrang, aber auch längst nicht mehr so kreuzlahm wie noch vor wenigen Stunden.

Auf meinem Anrufbeantworter waren zwei Nachrichten gespeichert: eine von Bachmaier, eine von Marion. Der Staatsanwalt bat für morgen zehn Uhr um meinen Besuch. Kein Wort über Ramona, kein Wort über neue Entwicklungen. Marion bat ebenfalls um meinen Besuch, wenn möglich noch heute.

Ich duschte ausgiebig, machte mir Tee, einen Salat und ein Schinkenbrot, und gegen sieben fuhr ich dann los, hinein in die Höhle des Löwen.

Vor Marions Haus stand ein Streifenwagen, dem Beamten am Steuer war sichtlich langweilig. Von irgendwelchen Presseleuten oder sonstigen Neugierigen war nichts zu bemerken.

Anna-Maria kam mir in der Haustür entgegen, im Aufbruch begriffen. Sie sah verheult aus. »Das haben Sie ja toll hingekriegt«, fuhr sie mich an.

»Wie soll ich das verstehen?«

»Wie schon? Mein Vater ist tot, und die trauernde Witwe kriegt jetzt auch noch die Heldenrolle zugeschoben. Ganz große Klasse, echt.«

»Sie sind also auch davon überzeugt, daß Ihr Vater tot ist?« fragte ich.

»Was denn sonst? Oder glauben Sie im Ernst, er würde mir das hier antun ...«

»Trotzdem, man kann nie wissen. Vielleicht hat er seine Gründe?«

»Was für Gründe sollten das denn sein?« Marion kam die Treppe herab, im Bademantel und unfrisiert, aber aufrecht und mit durchaus wachen Augen.

»Ich weiß nicht«, erwiderte ich. »Aber solange er nur verschwunden ist, sollten wir die Hoffnung nicht aufgeben.«

»Sie wollen doch nur den Auftrag, ihn zu suchen, stimmt's?«, sagte Anna-Maria. »Sie sind echt das letzte, das muß ich schon sagen.«

Anna-Maria wandte sich ab, lief zum Gartentor und war gleich darauf hinter der Hecke verschwunden.

»Hat sie keinen Wagen?« fragte ich Marion.

»Nein, sie hat nicht mal einen Führerschein. Aus ökologischen Gründen, wie sie behauptet ...«

»Sie ist ziemlich rigoros, hm?«

»Ja. Sie hat mich nie akzeptiert ... Aber kommen Sie doch endlich rein.«

Ich drückte die Tür zu und folgte Marion ins Wohnzimmer. Die Unruhe, die Morawski und die Polizei ins Haus gebracht hatten, war noch deutlich zu spüren. Auch wenn alles wieder an seinem Platz zu sein schien. »Ich nehme an, Sie haben sich schon mit einem Anwalt besprochen«, sagte ich dann.

Marion nickte. »Mit einem Anwalt, mit einer Polizeipsychologin und mit meiner Heilpraktikerin ... Warum fragen Sie nicht, wie es passiert ist?«

»Das hat mir alles schon dieser Staatsanwalt erzählt ... Im Augenblick interessiert mich mehr, wie es Ihnen geht?«

»Sie meinen, ob ich zum Beispiel Schuldgefühle habe?«

»Ja, auch ...«

»Bevor Ulrich damals ins Gefängnis kam, hat er mir diesen Revolver geschenkt. Damit ich im Falle des Falles nicht betteln müßte, wie er sich ausgedrückt hat. Und genau daran hab ich mich gehalten. Oder was würden Sie denn machen, wenn plötzlich ein Typ wie dieser Morawski um zwei Uhr nachts vor Ihrem Bett stehen würde?«

Ich zuckte mit den Schultern. »Ich weiß nicht. Vielleicht hätte ich versucht, ihn erst mal in Schach zu halten. Und ihm ein paar Fragen gestellt ...«

Marion lächelte müde. »So steht's vermutlich in irgendeinem Lehrbuch.« Sie deutete auf das Sofa. »Setzen Sie sich doch. Ein Glas Weißwein?«

Ich nickte. »Gerne.«

Sie blickte zum Fernseher, zu Renate Schmidt, die gerade versprach, die innere Sicherheit nicht verschenken zu wollen. »Wer gewinnt die Wahl, was glauben Sie?« fragte sie.

»Schätzungsweise dieselben Politiker, die wir seit zwanzig und mehr Jahren am Hals haben«, erwiderte ich. »Ich kann mich also beherrschen.«

Ich setzte mich, stellte einen Regionalsender ein und wartete ab, was die nächste Nachrichtensendung zum Fall Morawski zu vermelden hätte.

»Haben Sie außer Anna-Maria denn niemanden, der sich ein bißchen um Sie kümmern könnte?« fragte ich Marion nach dem ersten Schluck Spätburgunder.

Marion schüttelte den Kopf. »Ich komme schon klar, keine Sorge ...«

Ich glaubte ihr aufs Wort.

Bevor ich antworten konnte, kam der Nachrichtensprecher ins Bild, mit einem Konterfei von Morawski im Hintergrund. Ich drehte den Ton lauter.

Der Sprecher sagte: »Wie bereits mehrfach gemeldet, wurde vergangene Nacht in Harlaching der Privatdetektiv Erich Morawski beim Einbruch in ein Einfamilienhaus von der Hausbesitzerin erschossen. Die Polizei verhört derzeit Morawskis Schwester Ute, die unter dem Namen ›Ramona‹ ein Domina-Studio in Freimann betreibt und unter anderem wegen schwerer Körperverletzung vorbestraft ist. Wie weit dieser Schritt die Ermittlungen voranbringen wird, läßt sich im Augenblick noch nicht sagen. Fest steht, daß dieser Mann . . .« Morawski verschwand, statt dessen wurde ein Foto von Ulrich eingeblendet ». . . . ein siebenundvierzigjähriger Autoverkäufer namens Ulrich Hochberger seit zwei Tagen spurlos verschwunden ist und davon ausgegangen werden muß, daß er einem Verbrechen zum Opfer gefallen ist.«

Ich blickte verstohlen zu Marion, die sich aber nichts anmerken ließ.

Gnadenlos gut, die Alte.

Ich drehte den Ton ab und sagte lauernd: »Wenn wir Glück haben, klärt sich heute abend vielleicht noch alles auf, hm?«

Marion seufzte nachhaltig. »Glauben Sie im Ernst, dieser Scheißkerl hat seine Schwester in seine Machenschaften eingeweiht?« fragte sie dann, den Blick auf ihr Weinglas geheftet. »Dann müßte er ja komplett verrückt gewesen sein!«

Zum Selbstmord hat's gereicht, dachte ich. Zugleich war es mir plötzlich unerträglich, dieser Frau noch länger Gesellschaft zu leisten. War nicht länger scharf auf meine Rolle als quasi Undercover-Agentin. Immerhin war es nie mein Ziel gewesen, Mordfälle aufzuklären. Leute ausfindig zu machen, ja. Oder Versicherungsbetrüger zu entlarven. Aber Smalltalk mit einer mehrfachen Mörderin? Ich leerte mein Glas, packte meine Tasche und stand auf.

26.

Seit ich mit zwanzig von zu Hause weg bin, habe ich, von meinen vier Ehejahren einmal abgesehen, immer alleine gelebt. Und habe dieses Arrangement mit mir selbst eigentlich nie bedauert. Als Krankenschwester war ich heilfroh, abends niemanden umsorgen zu müssen, und später dann, als Reiseleiterin, befand ich mich ohnehin die meiste Zeit des Jahres irgendwo im Ausland, fernab der üblichen Zweisamkeitsübungen. Natürlich gab es Momente, wo ich fast gestorben wäre für ein wenig Zärtlichkeit und Zuwendung, aber das blieben zum Glück Ausnahmeerscheinungen.

Nur, an diesem Abend war es mal wieder soweit: Eingeklemmt zwischen Marion, der Polizei und Ramona fühlte ich mich regelrecht weichgeklopft, hingetrieben. Männer können in so einem Fall mit ein paar Geldscheinen winken, mir blieb nichts anderes übrig, als mein Adreßbuch zu durchforschen. Die Auswahl war nicht gerade üppig, und mein erster Versuch war auch prompt ein Schlag ins Wasser: Die Telefonnummer war im Augenblick nicht existent. Beim nächsten meldete sich der Anrufbeantworter, und beim dritten eine Frauenstimme. Ich entschied zähneknirschend, es doch noch mal mit Paul zu versuchen. Verkniff es mir aber, ihn vorher anzurufen. Wenn schon, dann wollte ich ihm keine Gelegenheit geben, schnell noch Spuren zu beseitigen. Was mich zusätzlich reizte, denn ich war noch nie bei Paul zu Hause gewesen.

Kurz vor elf stand ich dann vor seiner Wohnungstür und läutete Sturm. Er brauchte ziemlich lange, bis er sich rührte. Was mir fast schon wieder ein schlechtes Gewissen bereitete, denn er war ja ebenfalls früh auf den Beinen gewesen! Dann stand er vor mir, in Schlafanzug, Pantoffeln und mit tiefen Bartschatten. Und längst nicht so angetan von meinem Auftauchen, wie ich angenommen hatte.

»Du . . . ?« murmelte er. »Ist was passiert?«

»Darf ich reinkommen?« fragte ich.

Er trat zur Seite, ich schlüpfte schnell vorbei und inspizierte kurz seine Behausung. Eine bieder möblierte Drei-Zimmerwohnung, die schon länger keine Putzhilfe mehr erlebt hatte und auch dementsprechend roch, das war's. Ich ging zurück ins Schlafzimmer und fing an, mich wortlos auszuziehen. Paul blieb in der Tür stehen und guckte verwundert zu.

»Willst du hierbleiben?« fragte er dann dümmlich.

»Was dagegen?«

Dann war ich nackt und zeigte es ihm. Er wollte etwas sagen, aber ich legte ihm meine Hand über den Mund. Ich wollte nichts mehr hören und auch nichts mehr reden. Ich hatte genug für heute, genug erklärt, argumentiert und gelogen. Keine verdammten Wörter mehr.

Paul legte sich neben mich ins Bett, den Schlafanzug behielt er an. Dabei war es seine weiche, trockene, wohlriechende Haut, die ich doch sehr an ihm geschätzt hatte. Ich fuhr ihm mit der linken Hand in die Hose und griff nach seinem Schwanz. Hoffte, das gute Stück würde ausnahmsweise rasch wachsen und stark werden. Würde mich stoßen und jagen, bis ich von nichts mehr wüßte. Aber Paul entwand sich, murmelte etwas von einem langen Tag und zuviel Alkohol, und tauchte ab. Ich öffnete meine Schenkel und gab ihm Platz, ließ mich treiben. Dann war er plötzlich über mir und überschüttete mich mit seinem Sperma. Ich kostete davon, sagte zu ihm: »Leck es ab.« Er tat es.

27.

Ich hatte kaum angeklopft, da öffnete mir Bachmaier auch schon die Tür und bat mich einzutreten. Sein Büro war erstaunlich klein, ziemlich stickig und keineswegs modisch möbliert. Sein Schreibtisch war mit Akten überladen, die beiden Besucherstühle stammten vermutlich vom Sperrmüll.

»Na, alles gut überstanden soweit?« fragte er.

»Ich denke schon. Und Sie, sind Sie weitergekommen?«

»Das wird sich herausstellen ... Aber bitte, nehmen Sie doch Platz. Einen Kaffee?«

»Danke nein.« Ich setzte mich, legte meine Tasche neben den Stuhl. Hatten sie Ramona weichgeklopft? Ich war mir fast sicher. Zugleich war ich verärgert, nicht doch einen Anwalt konsultiert zu haben. Der mir erklärt hätte, was auf Verschwörung, Anstiftung zu einer Straftat und Unterschlagung von Beweismitteln steht. Der mir geholfen hätte, den Kopf vielleicht noch aus der Schlinge zu ziehen. Aber nun war es zu spät. Wie sollte ich mich verteidigen? Mich darauf berufen, dies seien nur Gedankenspiele gewesen?

»Also, was sagt diese Ramona?« fragte ich forsch. »Ich hab gestern abend in den Nachrichten gehört, sie hätte sich gestellt.«

»Ja, richtig, unsere Freundin Ramona ...« Bachmaier setzte sich ebenfalls, blickte mich über den Rand seiner Brille hinweg an. »Nun, sie behauptet, ihr Verhältnis zu ihrem seligen Bruder sei zwar ein inniges, zugleich aber auch ein rein privates gewesen. Über seine Geschäfte zum Beispiel habe Morawski nie mit ihr gesprochen. Nicht mal über seine legalen, soweit es solche auch gegeben hat.«

»Nicht sehr glaubhaft, oder ... ?« wandte ich vorsichtig ein.

»Das genau ist die Frage«, erwiderte Bachmaier. »Morawski war immerhin ein Profi, im guten wie im schlechten. So ein Mensch hat in der Regel kaum sentimentale Anwandlungen . . .«

Es sei denn, er fickt seine eigene Schwester, ergänzte ich in Gedanken.

»Das heißt dann wohl, die Hintergründe sind nach wie vor unbekannt?« fragte ich.

Der Staatsanwalt nickte. »Allerdings. Aber ich denke, wenn wir uns an die Fakten halten und diese entsprechend kombinieren, kommen wir der Sache vielleicht auch so auf die Spur.«

»Sie glauben also weiterhin, Morawski hat mir eine Komödie vorgespielt? Und ist dann sozusagen ins eigene Messer gelaufen.«

»Ja . . . Finden Sie etwa keinen Gefallen mehr an dieser Theorie?«

»Doch, natürlich, sehr sogar. Die Frage ist nur, ob dies auch die Wahrheit ist . . .«

Bachmaier erhob sich, warf einen Blick zum Fenster hinaus, bevor er sich an die Fensterbank lehnte und mich durchaus wohlwollend musterte.

»Ach, die Wahrheit!« sagte er mit einem Seufzer. »Ist nicht letztlich das die Wahrheit, was uns am besten in den Kram paßt? . . . Soll ich Ihnen verraten, weswegen ich diesen Beruf ergriffen habe?«

»Ich nehme an, um der Gerechtigkeit zu dienen, oder?« erwiderte ich ironisch.

»Vielleicht . . . Aber hauptsächlich war Franco Nero daran schuld.«

»Der Schauspieler?«

»Richtig. Sie kennen vielleicht die Filme *Der Tag der Eule* oder *Der Clan, der seine Feinde lebendig einmauert*?«

Ich nickte. »Natürlich.«

»Sehen Sie, das alles hat mir damals sehr imponiert, als Student, dieser einsame Kampf gegen die Mafia, gegen die Korruption, all dieser Glamour des Vergeblichen ... Eine sehr romantische Vorstellung, finden Sie nicht?«

»Durchaus nicht.«

»Nur war die berufliche Realität dann eine ganz andere. Da war es dann eigentlich nie die Frage, ob es mir gelingt, den Täter ausfindig zu machen. Höchstens, ob ich ihm die Tat auch zweifelsfrei nachweisen kann ... Aber kein Sich-den-Kopf-Einrennen an den Verhältnissen, keine politisch bedingten Niederlagen.«

»Klingt ja fast so, als wären Sie enttäuscht darüber?«

»Sicher, ein bißchen schon. Ich meine, wer möchte das nicht, einem Komplott gegen den Staat auf die Spur zu kommen, einen Staatsstreich zu verhindern. Oder zumindest einmal einen ganz großen Fall aufzuklären, wie etwa diese Bartok-Entführung.«

Also doch! So ein durchtriebener Hund, dachte ich. Labert mich voll mit seinen Filmerlebnissen, während er überlegt, was er mir alles anhängen soll. Ich entschied, mich stur zu stellen, alles auf Ramona zu schieben. Auf meine Angst vor diesem gewalttätigen Bruderliebchen. Mal sehen, wer glaubwürdiger rüberkommen würde. Aber Bachmaier machte keine Anstalten, näher auf das Thema Entführung einzugehen. Er sagte nur: »Das einzige, was mich etwas verwirrt, ist die Tatsache, daß ich es in diesem Fall augenscheinlich nur mit Frauen zu tun habe.«

»Dann sollten Sie vielleicht weiblichen Beistand anfordern?« erwiderte ich frech.

»Na schön, wenn Sie mir einen Rat geben müßten, was würden Sie mir empfehlen?«

»Sie meinen, auf welche der beiden Damen ich mich konzentrieren würde?«

»So in etwa.«

»Nun, ich denke, Marion hätte mich nicht engagiert, wenn sie etwas zu verbergen hätte . . .«

»Und diese Ramona?«

Ich zuckte mit den Schultern. »Tja, selbst wenn die irgendwie mit drinhängen sollte oder zumindest mehr weiß, als sie zugibt, welchen Grund sollte sie haben, auszupacken? Bei ihrer Vorgeschichte würde ich den Mund halten, so oder so, schon um mich nicht selbst zu belasten.«

»Also auf beiden Seiten eine Sackgasse?«

»Sieht so aus . . . Was werden Sie eigentlich gegen Marion in die Wege leiten?«

»Wie Sie schon sagten, das klang alles sehr plausibel, was sie uns da erzählt hat, auch über den Hergang der Tat. Ich werde natürlich Anklage erheben, fahrlässige Tötung möglicherweise, aber vermutlich wird alles im Sande verlaufen, falls nicht grundlegend neue Gesichtspunkte hinzukommen.«

»Sie hat also nichts zu befürchten, nach dem derzeitigen Stand der Dinge?«

»Eigentlich nicht . . .«

»Bis auf die ewige Ungewißheit natürlich . . .«

Bachmaier setzte sich wieder, nahm einen Stift zur Hand und kritzelte Pfeile auf ein leeres Blatt Papier. »Was halten Sie denn von ihr, jetzt mal ganz offen, bitte?« fragte er dann.

Ich begriff endlich, was Sache war. Dieser Bachmaier hatte keine Ahnung und neigte dazu, allen Beteiligten Glauben zu schenken, um die Akte Morawski möglichst bald verräumen zu können. Die Friedhofsruhe der Beamten! Aber was hatte ich denn erwartet? Franco Neros große Zeit lag auch schon lange zurück. Nun spielte er in drittklassigen Videoproduktionen für die Rente. Django goes Versace! Auch eine Karriere.

»Marion Hochberger?« fragte Bachmaier erneut. »Keine Meinung ... ?«

»Stahl, in Watte verpackt«, erwiderte ich unwillkürlich und hätte mir am liebsten gleich darauf die Zunge abgebissen.

»Ist ja interessant. Aber sie vertraut Ihnen, was glauben Sie?«

»Schon möglich ... Wollen Sie mich etwa engagieren, um die Ärmste auszuhorchen?«

»Warum nicht? Oder würde Sie das in einen Interessenkonflikt bringen?«

Ich hatte Mühe, nicht loszuprusten. Alle waren sie um meine Dienste bemüht, wirklich reizend. Zugleich war es natürlich die perfekte Rechtfertigung. Ich könnte immer und überall sagen, ich hätte dies oder jenes nur im vermeintlichen Auftrag von wem auch immer unternommen.

Ich sagte: »Mein Job für sie ist erledigt, denke ich. Und wie sagten Sie vorhin so schön: sentimentale Anwandlungen! Nun, solche kann ich mir auch nicht erlauben. Aber ich möchte freie Hand haben, okay?«

»Kein Problem.«

»Prima ...«

Bachmaier blickte auf die Uhr. »Hm, ich würde Sie ja gerne zum Mittagessen einladen, aber ich hab leider einen Termin. Ich rufe Sie morgen an, dann können wir alles weitere besprechen, einverstanden?«

Ich griff nach meiner Handtasche und stand auf.

28.

Ich entschied, gleich an die Arbeit zu gehen. Ich rief Marion an und fragte, ob sie Lust auf einen Stadtbummel habe. Sie war einverstanden, und so trafen wir uns um eins im Café Münchner Freiheit. Es war ein phantastischer Spätsommertag, absolut richtig für einen entspannten Kaffeeplausch unter freiem Himmel.

Ich konnte keine Beschatter entdecken, was natürlich nicht viel besagte. Aber vielleicht hatte Bachmaier seine Leute auch schon abgezogen, und ich war ab jetzt auf mich allein gestellt.

Marion trug ein leichtes Baumwollkleid und wirkte durchaus frisch und energiegeladen. Daß sie vor knapp vierzig Stunden einen Menschen erschossen hatte, war ihr in keiner Weise anzusehen.

»Was werden Sie jetzt unternehmen?« fragte ich, sowie Kaffee und Kuchen auf dem Tisch standen.

»Erstmal zu Hause bleiben natürlich und abwarten, wie die Anklage lautet«, erwiderte sie.

»Und dann?«

»Kommt darauf an, würde ich sagen. Wenn ich das Land verlassen darf, verschwinde ich natürlich von hier . . .«

»Vor allem wegen dieser Ramona, nehme ich an?«

»In erster Linie ja . . . Haben Sie eigentlich schon was Neues in Aussicht?«

»Sie meinen auftragsmäßig?«

»Ja.«

»Noch nicht. Wieso?«

»Na ja, diese Ramona macht mir schon ein bißchen Kopfschmerzen, wenn ich ehrlich sein soll. Auch wenn sie angeblich von nichts eine Ahnung hat. Aber nur mal angenommen, sie kommt auf die Idee, mir ein paar Schläger auf den Hals zu hetzen. Was dann?«

»Heißt das, Sie suchen sowas wie einen Bodyguard?«

»Ja und nein ... Ich meine, vielleicht sollte man weniger mich im Auge behalten, sondern mehr diese Frau. Ich glaube, ich würde mich dann einfach besser fühlen.«

»Sie könnten doch Polizeischutz beantragen. Nach Lage der Dinge doch nur verständlich ...«

»Damit dann irgendso ein junger Schnösel gut sichtbar vorm Haus im Streifenwagen vor sich hin pennt? Nein, danke.«

»Warum eigentlich nicht«, sagte ich. »Soll ich gleich damit anfangen?«

Marion nickte, legte kurz ihre makellos gepflegte Hand auf meine. »Wenn Sie wollen, können Sie fürs erste auch bei mir wohnen. Ich fühle mich schrecklich einsam in diesem Haus. Und Anna-Maria denkt natürlich nicht daran, zu mir zu ziehen. Die tut so, als sei ich für alles verantwortlich, als hätte ich ihren Vater ins Verderben getrieben ...«

»Mal sehen ...« Das wurde mir nun doch ein wenig zu intim. So fasziniert ich von dieser Frau auch war, ich wollte nicht auch noch in ihrem Bett landen. Obwohl dies vielleicht eine sehr ergiebige Art der Recherche hätte werden können.

29.

Ramona kam schon am nächsten Vormittag frei. Sie rief auch gleich an, ganz wild darauf, mich zu sehen. Ich lud sie in mein Büro ein; konnte ja sein, ihr Haus/Studio wurde akustisch überwacht. Und falls sie irgendwelche Beschatter hinter sich herziehen sollte, wirkte eine offizielle Visite in meinen Räumlichkeiten allemal unverfänglicher als ein konspirativer Plausch unter freiem Himmel.

Ich schrieb also ein paar längst überfällige Briefe, putzte ein paar Ecken, guckte unwillkürlich unter Tischplatten und in Lampenschirme. Konnte *ich* denn sicher sein, nicht abgehört zu werden? Bachmaier hatte mir zwar reichlich Honig ums Maul geschmiert und mich quasi zu seinem Hilfssheriff ernannt, aber vielleicht war dies alles auch nur ein Trick.

Kurz nach zwei stürmte sie dann herein, meine zukünftige Partnerin. Zum Glück in frische und auch noch ziemlich aufreizende Klamotten gehüllt, aber leider auch mit einem schweren Parfüm behaftet. So eine Duftmarkierung war vielleicht gut für den Umgang mit ihren Maso-Kunden, aber für unsere Zwecke fast schon selbstmörderisch. Sie warf sich auf meinen Besucherstuhl, steckte sich eine Zigarette an und blickte mich herausfordernd an.

»Wann legen wir los?« fragte sie ohne Umschweife.

Die zwei Tage in Polizeigewahrsam hatten sie in keiner Weise abgekühlt, im Gegenteil.

»Vielleicht sollten wir uns das Ganze doch noch mal überlegen«, gab ich zu bedenken.

»Kalte Füße bekommen?«

Ich schüttelte den Kopf. »Das nicht, nur alle Optionen durchgegangen, die die Gegenseite so aufbringen kann. Ich meine, daß sich unsere liebe Marion diesmal raushalten wird, ist klar. Die hat sich einmal die Finger schmutzig gemacht. Aber was ist, wenn die beiden, statt zu bezahlen, ein paar Leute auf uns ansetzen? Dann sitzen wir ganz schön in der Patsche, würde ich sagen. Ich meine, die werden erst auf Sie losgehen, und wenn Sie dann ausgepackt haben, bin ich dran. Und ich kann dieser Aussicht absolut nichts Positives abgewinnen ...«

»Keine Sorge, ich kann schon auf mich aufpassen«, erwiderte sie patzig. »Und wenn's sein muß, auch auf Sie.«

»Ich glaube, Sie verstehen mich nicht: Ich rede hier von

Profikillern. Ich hab mit solchen Typen nie was zu tun gehabt . . .«

»Ich sag doch, ich pack das schon«, unterbrach sie mich.

Ich nickte. »Na schön, haben Sie dann wenigstens jemanden, bei dem Sie bleiben können, einen sicheren Ort?«

»Klar doch. Wenn's drauf ankommt, kann ich jederzeit abtauchen.«

»Okay, lassen wir das. Aber es bleibt dabei: Wir rühren das Geld nicht an. Wir halten uns an die Belohnung, klar?«

»Angst, ich könnte Sie übers Ohr hauen und mit der Kohle abdampfen?«

»Der Gedanke ist mir gekommen . . . Aber glauben Sie mir, Sie würden nicht glücklich damit.«

»Ach so . . . ?« Ramona lächelte flüchtig, fingerte die nächste Zigarette aus der Packung. Ich stand auf, öffnete das Fenster zur Hofseite und atmete tief durch. Was ich die letzten Tage verdrängt hatte, war nun offensichtlich: Ich konnte Ramona nicht trauen. Die Frau würde mir bei der erstbesten Gelegenheit in den Rücken fallen. Und leider hatte sie auch Gründe. Etliche Millionen Gründe, um genau zu sein. Trotzdem kam es mir nicht in den Sinn, die Aktion abzublasen; auszusteigen, solange noch Zeit war. Ich lächelte unwillkürlich. Genauso mußte es wohl Marion und Ulrich ergangen sein, als sie von Morawskis Liaison mit seiner Schwester erfahren hatten. Da waren sie auch schon voll in Fahrt gewesen, nicht willens, plötzlich klein beizugeben. Was für schwache, eitle Geschöpfe wir doch sind!

Ich drehte mich wieder zu Ramona um. »Okay, dann sollten wir jetzt Ihren Text durchgehen. Aber behaupten Sie nachher nicht, ich hätte Sie nicht gewarnt!«

30.

Ich blickte verstohlen auf meine Armbanduhr. Zehn vor drei. Ramona hatte nun mehr als vierundzwanzig Stunden Zeit gehabt, um alles zu regeln, was ihren Bruder betraf. Die Einäscherung in die Wege zu leiten, die Wohnung zu kündigen, seine Habseligkeiten, soweit nicht von der Polizei beschlagnahmt, durchzusehen und auszumustern. Einfach all die Dinge zu tun, die allgemein von ihr erwartet wurden. Aber auch, damit sie nachher wirklich freie Hand hatte. Ich selbst war immer noch hin- und hergerissen zwischen Rachegelüsten und diversen Ängsten. Ich wurde vor allem nicht schlau aus diesem Staatsanwalt, der so gar nichts von einem unerbittlichen Spürhund an sich hatte, wie sie in den Medien gern präsentiert wurden.

Marion servierte Obstkuchen zum Kaffee, für mich sogar mit Sahne. Sie war beim Friseur gewesen, hatte nun einen modischen Kurzhaarschnitt. Wirkte nicht zuletzt dadurch agiler als zu Beginn meines Engagements. Ich nippte an meinem Kaffee, unterdrückte das Bedürfnis, schon wieder die Toilette aufzusuchen.

Und Ramona, würde sie ihrer Aufgabe auch gewachsen sein? Sie dürfte auf keinen Fall konkret werden, also die Entführung oder die zwanzig Millionen auch nur andeutungsweise erwähnen. Dürfte nichts sagen, was der Polizei irgendwie Stoff liefern würde. Dann könnte sie immer, einmal ertappt, durchaus plausibel behaupten, sie wollte nur auf den Busch klopfen, einen vagen Erpressungsversuch starten. Sozusagen im Gedenken an ihren seligen Bruder.

»Sie wollten mir doch von dieser Geschichte auf Sri Lanka erzählen«, unterbrach Marion meine Betrachtungen. »Wie Sie da in diesem Hotel eingeschlossen waren . . .«

Ich nickte. »Ja, richtig . . .« Ich hatte Mühe, den Faden wieder aufzunehmen. Meine Zeit als Reiseleiterin schien eine Ewigkeit zurückzuliegen, fast schon ausgelöscht. Obwohl gerade diese vier Stunden in Colombo die übelsten vier Stunden meines Lebens gewesen waren. Vier Stunden des hilflosen Wartens und Bangens, während das MP-Geknatter immer näherrückte, die zu unserem Schutz angetretene Polizei ein Stockwerk nach dem anderen verlor.

»Es war einer dieser sporadischen Tamilen-Aufstände«, sagte ich. »Es kam jedenfalls ohne Vorwarnung über uns. Plötzlich krachte es vorm Hotel, und dann war auch schon die Hölle los. Ich war . . .«

Das Telefon klingelte. Nicht Marions Handy, sondern der Telefon/Fax/AB-Apparat, der auf Ulrich eingetragen war. Und dessen Nummer auch im Telefonbuch stand. Ich stockte, rang mir ein Lächeln ab. Ich sagte: »Gehen Sie ruhig ran. Mein Inselabenteuer läuft uns nicht weg . . .«

Marion stand auf und nahm den Hörer ab. »Ja . . . ?« Ihre Miene verfinsterte sich zusehends. Was mich nicht wunderte, denn wenn es Ramona war, dürfte diese eben gesagt haben: »Jetzt hören Sie mal gut zu: Sie wissen, wer ich bin, und Sie wissen auch, warum ich anrufe, warum Erichs Anteil jetzt an mich geht. Und Sie werden auch verstehen, warum wir die Summe jetzt verdoppeln müssen. Und Sie wissen hoffentlich auch, daß Sie damit noch verdammt gut wegkommen.«

»Ich weiß nicht, was Sie damit meinen«, entgegnete Marion mit bemüht fester Stimme, obgleich ihr die Erregung ins Gesicht geschrieben stand.

Diese Antwort hatten wir natürlich erwartet, folglich sollte Ramona nun sagen: »Wär's Ihnen lieber, wenn ich zur Polizei gehen würde? Oder soll ich Ihnen lieber ein paar Freunde von mir vorbeischicken? Wenn ich denen erzähle, was bei Ihnen alles zu holen ist, haben Sie morgen ein paar Typen am Hals, gegen die Sie eine blutige Anfängerin sind. Die werden Ihnen scheibchenweise die Wahrheit aus dem Fleisch schneiden, glauben Sie mir. Dann haben Sie keine Chance, Sie und dieses rothaarige Drecksstück von Privatdetektivin . . .«

Marion deckte die Sprechmuschel ab und sagte zu mir. »Wieder einer der Verrückten, der angeblich weiß, wo Ulrich steckt . . .«

Ich erhob mich halb. »Soll *ich* mit ihm reden?«

Marion bedeutete mir mit einer energischen Handbewegung sitzenzubleiben. »Nein, nein, ich mach das schon. Langsam hab ich ja Übung drin.« Sie sprach wieder ins Telefon. »Und wer sagt mir, daß ich Ihnen vertrauen kann?«

Gewonnen, jubelte ich. Der erste Schritt war getan. Marion war dabei, eine Verbindung zu installieren. Und Ramona? Die sollte nun eigentlich erwidern: »Das fragen ausgerechnet Sie, die meinen Bruder so hundsgemein in die Falle gelockt hat? Wenn hier jemand ein Vertrauensproblem hat, dann wohl ich, oder? Also, was ist, alles klar soweit?«

»Ich werde darüber nachdenken«, sagte Marion. »Rufen Sie mich später noch mal an.« Sie legte auf, schaltete auf AB-Betrieb um. »Der kann jetzt anrufen, bis er schwarz wird«, sagte sie dazu, wieder fast die alte. »Und all die anderen auch . . .« Ich war beeindruckt. Diese Frau war wirklich ein Eisbrocken. Aber Ramona hatte einen Nerv getroffen bei ihr, das stand fest. Ramonas Angaben entsprachen also den Tatsachen. Aber wie würde es weitergehen?

Marion setzte sich wieder, trank ihren Kaffee aus. Ihre Hand zitterte kein bißchen.

»Von diesen Anrufen haben Sie mir ja gar nichts erzählt«, sagte ich.

Marion schüttelte unwirsch den Kopf. »Ist doch unwichtig ... Aber ich glaube, ich fahre jetzt doch für ein paar Tage zu Freunden aufs Land. Vorausgesetzt, dieser Staatsanwalt erlaubt mir das.«

»Bachmaier? Der ist okay, würde ich sagen. Der erlaubt das bestimmt.«

»Na hoffen wir's ...«

»Ist es wegen dieser Ramona?« hakte ich nach.

»Ach was, um die wird sich schon die Polizei kümmern ... Aber ich fürchte, ich muß Sie sozusagen entlassen.«

Nur logisch, dachte ich. Nun, da Ramona das Kriegsbeil ausgegraben hatte, war ich entbehrlich geworden. Waren meine Dienste als Scout nicht mehr gefragt. Mehr noch: Wäre ich nur noch ein Klotz am Bein der armen Marion. Ich sagte: »Halb so schlimm. Mache ich eben ein paar Schwarzarbeiter ausfindig, hat auch seinen Reiz.«

Marion langte über den Tisch und berührte kurz meine Hand. »Aber ich möchte, daß wir Freunde bleiben, okay?«

Ich nickte gewichtig. »Ich werde immer für Sie da sein, keine Angst.«

31.

Punkt vier Uhr verabschiedete ich mich von Marion, wünschte ihr alles Gute, fuhr ein paar Häuser weiter und legte mich auf die Lauer. Ich brauchte nicht lange zu warten: Keine halbe Stunde später rauschte sie in ihrem Mazdacabriolet an mir vorbei, Verdeck offen, getarnt mit Kopftuch und Sonnenbrille. Ganz die Dame von Welt. Ich hängte mich dran, blieb aber auf Abstand. Ihr tomatenroter Flitzer war schließlich im Verkehr leicht auszumachen, im Gegensatz zu meinem mausgrauen Golf. Ich erwartete natürlich keine Wunder, etwa ohne Umwege zu Ulrich geführt zu werden, aber wir hatten sie zumindest aufgescheucht. Auch meine Ängste waren verflogen, statt dessen hatte mich das Jagdfieber gepackt. Wobei es mir gar nicht so sehr um die Belohnung ging. Aber die Aussicht, diesen Entführungsfall zu lösen und damit in den Olymp der Privatdetektive aufzusteigen, die machte mich ganz kribblig. Und wie stolz erst Carl auf mich sein würde, auf sein Kücken.

Die Fahrt ging in die Innenstadt und endete am Südflügel des Hauptbahnhofs. Wo Marion natürlich prompt eine Parklücke fand. Ich dagegen hatte keine andere Wahl, als meine Kiste zu siebzig Prozent auf dem Gehsteig abzustellen.

Falls ich meinem Opfer in die Arme laufen sollte, würde ich sagen, ich hätte bemerkt, wie verstört sie nach diesem Anruf gewesen sei. Und hätte es demzufolge für meine Pflicht gehalten, trotz meiner Demission nach dem Rechten zu sehen, sozusagen Schutzengel zu spielen.

Marion betrat durch den Südeingang den Bahnhof, hatte aber keinen Blick für den Zugverkehr oder irgendwelche Passagiere. Sie ging schnurstracks in die Schalterhalle, wo sie in der Ladenpassage ein paar ausländische Modezeitschriften erstand. Dann lief sie die Treppe zur Galerie hoch, und ich befürchtete schon, sie wollte beim Genuß eines Cheeseburgers sehen, was designmäßig in Mailand oder New York gerade angesagt war. Aber nein, ihr Ziel war einer der Telefonapparate, die entlang dem Bahnsteig installiert waren. Vom Inhalt ihres Gesprächs bekam ich natürlich nichts mit, aber es dauerte keine zwei Minuten und mir war so, als würde sie Befehle erteilen. Dann lief sie zurück zu ihrem Wagen und verschwand. Ich blieb da, in Gesellschaft von zwei Beamten des Bundesgrenzschutzes, die wissen wollten, ob mir der Zweck eines Gehsteigs nicht bekannt sei. Das war ärgerlich, aber weiter nicht schlimm, wie ich fand. Denn Marion würde garantiert nichts auf eigene Faust unternehmen. Sie war einmal davongekommen, das sollte ihr eigentlich reichen. Ich handelte meine Geldbuße auf vierzig Mark runter und fuhr dann wieder nach Harlaching.

32.

Es wurde Nacht, aber nichts tat sich. Marion war und blieb zu Hause. Ich hörte meinen Anrufbeantworter ab, ebenfalls Fehlanzeige. Niemand wollte etwas von mir wissen oder lockte gar mit einem Auftrag. Ich kam mir allein gelassen und ziemlich überflüssig vor. Ich rief nochmals Ramona an.

»Und?« fragte sie aufgeregt. »Ist schon jemand aufgetaucht?«

»Das wäre wohl ein bißchen viel verlangt«, erwiderte ich. »Und bei Ihnen, alles klar? Wo stecken Sie im Augenblick?« Vorhin, bei meinem ersten Anruf, war sie noch bei einem Ramschhändler in Haidhausen gewesen, der Morawskis Inventar übernehmen sollte.

Kurzes Zögern. Dann: »Ich bin jetzt bei mir zu Hause, im Studio, packen . . .«

So eine dumme Kuh!

»Das fängt ja gut an!« pflaumte ich sie an. »Hatten wir nicht ausgemacht, daß Sie sich dort nicht mehr sehen lassen? Sie sollten doch langsam wissen, zu was die fähig sind. Glauben Sie, die nehmen Rücksicht, nur weil Sie ne Frau sind?«

»Aber Sie haben doch selbst gesagt, daß es dauern würde, bis die was arrangieren könnten . . .«

»Schon, aber haben Sie vorhin nicht zugehört? Das

war garantiert kein Auslandsgespräch, so ruckzuck, wie das ging. Wer sagt uns denn, daß unser Freund Ulrich wirklich irgendwo in der Karibik sitzt, und nicht in Allach oder Obermenzing?«

»Aber ich hab hier noch tausend Sachen, die ich unbedingt durchsehen muß ...«

Vermutlich Erpressungsmaterial oder sonstige Konterbande, dachte ich.

»Okay, aber beeilen Sie sich«, sagte ich, etwas milder gestimmt.

»Mach ich, versprochen«, erwiderte sie. »Und morgen früh geht's dann zur Sache, oder? Dann muß sie bluten, dieses Miststück ...«

»So ungefähr.«

»Kann's kaum erwarten.«

»Wunderbar. Bis morgen dann.«

Kurz nach zehn wurden im Parterre die Lichter gelöscht, die Dame des Hauses begab sich nach oben ins Schlafgemach. Ich war ebenfalls rechtschaffen müde und sehnte mich nach einer Dusche, versüßt mit einem Glas Rotwein. Aber der Gedanke an Ramona ließ mir keine Ruhe. Die Frau hatte sich als Mitwisserin eines Kapitalverbrechens geoutet, und als Erpresserin dazu. Und lief immer noch dort herum, wo sie offiziell zu finden war. Wo jeder, der es auf sie abgesehen hätte, zuerst rumschnüffeln würde. Sträflicher Leichtsinn, sowas. Oder lebensgefährliche Selbstüberschätzung, in diesem speziellen Fall. Immerhin hatte Ramona Männer bisher hauptsächlich als winselnde und kriechende Kreaturen erlebt, als Würmer, sozusagen. Was sie vielleicht zu der Ansicht verleitet hatte, sie könnte nun mit jedem Mann fertigwerden, auch mit einem Profikiller. Aber hatten sie erst mal Ramona am Kanthaken, war der Weg zu mir frei. Und dann gute Nacht.

Also fuhr ich nicht nach Hause, sondern notgedrungen

über den Mittleren Ring und die Leopoldstraße wieder in den Norden der Stadt. Zwanzig vor elf war ich dann vor ihrem Haus. Wo noch immer ihr Fiat rumstand. Ich konnte es nicht fassen. Da überall die Jalousien runtergezogen waren, war weiter nichts zu erkennen. Ich parkte neben dem Fiat ein und stieg aus, meine Tasche mit dem Colt fest an mich gedrückt. Ich blickte mich aufmerksam um, doch weit und breit keine Menschenseele. Die Eingangstür war verschlossen.

Ich drückte auf den Klingelknopf, lange anhaltend.

Nichts.

Ich drückte nochmals.

Kein Laut drang aus dem Haus zu mir.

Vielleicht war sie unterwegs, ihren Krempel wegschaffen, mit dem Wagen einer Freundin oder Kollegin? Nicht allzu beunruhigt ging ich zur Rückseite des Gebäudes. Dort befand sich eine weitere Tür mit einem Glaseinsatz, durch den ein Lichtschimmer fiel. Leider auch verschlossen. Ich zögerte kurz, holte dann meinen Revolver raus und schlug mit dem Kolben die Scheibe ein. Ich entfernte ein paar Glassplitter und langte dann mit der linken Hand hinein. Der Schlüssel steckte. Ich öffnete und stolperte als erstes über ein paar prall gefüllte Müllsäcke. Ein klammes Gefühl packte mich. Irgend etwas sagte mir, daß ich zu spät kam, daß ich besser meine eigene Haut retten sollte.

»Ramona?«

Keine Antwort. Ich hielt meinen Revolver nun mit beiden Händen fest, unschlüssig, was ich tun sollte. Natürlich war es Wahnsinn, weiter vorzudringen. Und wenn sie Hilfe brauchte? Hier und jetzt. Ramona und ich waren Komplizen, ob mir das nun gefiel oder nicht! Ich konnte sie jetzt nicht einfach hängenlassen und die Sache an die Polizei delegieren. Ich rief mir ins Gedächtnis, was mir Ramona beiläufig über die Raumaufteilung und Funktionsweise des Gebäudes mitgeteilt hatte. Im Parterre befand sich ihre Wohnung, also Bad, Küche, Wohn- und Schlafzimmer. Im ersten Stock waren die sogenannten Behandlungszimmer untergebracht, also das übliche schwarze Kabinett mit Folterinstrumenten aller Art und dazu ein separater Raum für Kliniksex. Die Dachkammer diente als eine Art Langzeitgefängnis und war auch dementsprechend ausgebaut. Wobei Aufenthalte bis zu einer Woche durchaus üblich waren.

Ich rief nochmals ihren Namen, aber nichts. Totenstille. Ich stieß die Tür neben mir auf, das Bad. Dunkel und leer. Ich zwängte mich an der mit Pelz- und Ledermänteln behängten Garderobe vorbei zur Vordertür, warf einen Blick in die Küche. Auch leer. Die Treppe, die nach oben führte, war aus Holz, steil und mit einem roten Läufer belegt. Es war genau die Art von Treppe, die blitzschnell zur Mausefalle mutieren konnte. Licht aus, und ich saß fest. Trotzdem zog es mich da hinauf. Ich zielte mal nach unten, mal nach oben, schob mich so die Stufen hoch. Stufen, die auch noch elend knarrten.

Im Flur oben gingen drei Türen ab, eine nach links, zwei nach rechts. Ich öffnete die erste rechts, fand einen Lichtschalter. Maximal fünfzehn Watt beleuchteten einen Raum, den Ramona mir verschwiegen hatte. Und wo höchstwahrscheinlich auch die Fotos und Filme entstanden waren, die sie nun in Sicherheit bringen wollte. Die Längswand zum Zimmer nebenan, zum eigentlichen Studio, war nämlich größtenteils durchsichtig. Ein Raum für Spanner und Voyeure also, die mit der Hand am Schwanz das Geschehen gegenüber verfolgten. Die Möblierung war entsprechend: ein Lehnsessel, ein Barhocker und ein Metallgestell mit einem Aschenbecher obendrauf, mehr stand nicht herum. Und dem Gestank nach waren hier schon Tonnen von Sperma niedergegangen. Ich trat näher an die Glaswand, drückte meine Nase dagegen. Hängevorrichtungen, Käfig, Andreaskreuz, Strafbock, alles war da und in rötliches Licht getaucht. Erst dann entdeckte ich den dunkel gekleideten Körper am Boden.

Ramona!

Zusammengekrümmt und reglos.

Ich brauchte ein paar Sekunden, um mich aus meiner Erstarrung zu lösen und rüberzuflitzen. Ich drehte sie behutsam auf den Rücken, aber für die Frau kam jede Hilfe zu spät. Ich zählte sechs Einschüsse an Kopf und Oberkörper. Relativ kleines Kaliber. Kaum Blutaustritt. Ich suchte nach Kampfspuren, aber nichts. Weder an der Leiche noch im Zimmer. Schlimmer noch: Das Blut war noch nicht geronnen, die Tat konnte also nur wenige Minuten zurückliegen. Mir lief es eiskalt den Rücken hinab. Außerdem, wie war der Killer überhaupt ins Haus gekommen?

Ich verkroch mich in die hinterste Ecke, den Revolver auf die Tür gerichtet, und holte mein Handy raus. Ich würde keinen Schritt mehr tun in diesem Mordhaus. Ich wurde sofort durchgestellt ... »Polizei? Ich möchte einen Mord melden, bitte kommen Sie schnell ...« Ich nannte die Adresse, glaubte dabei, im Flur unten ein Geräusch zu hören. Ich ließ das Handy fallen und packte wieder mit beiden Händen den Colt. Komm schon, dachte ich, komm schon hoch und ich blas dich durchs Dach. Dann hörte ich eine Tür zufallen und begriff, daß ich nur um Haaresbreite Ramonas Schicksal entgangen war. Der Gedanke machte mich rasend. Zugleich kam ich mir plötzlich feige und schweinisch vor. Auch wenn ich fast sicher war, daß Ramona nichts verraten hatte, ich konnte nicht hier sitzenbleiben und zusehen, wie dieses Schwein von Ulrich das Weite suchte. Das war ich dieser Frau hier schuldig, verdammt nochmal. Oder sollte mich die Polizei etwa einsammeln wie ein Häufchen Elend, sich lustig machen über mich?

Ich sprang auf und rannte los. Handtasche und Handy ließ ich liegen.

33.

Als ich rauskam, war natürlich niemand mehr zu sehen. Und zu hören war auch nur das ferne Getöse der Stadt. Ich hastete mit vorgerecktem Revolver einmal ums Haus, aber nichts. Um mich herum kleine Betriebe, Lagerhäuser und jede Menge geparkter Lastwagen. Dazwischen viel freier Platz und viel Schatten. Optimale Umstände für einen Hinterhalt. Ich lief dennoch weiter, stadteinwärts. Wenn er vorgehabt hätte, auf mich zu schießen, wär's gleich an der Tür geschehen, beruhigte ich mich.

Meine einzige Chance war sein Auto. Denn irgendwie mußte der Mistkerl ja hierhergekommen sein! Es sei denn, er hatte sich die Mühe gemacht und einen Wagen geklaut. Dann könnte er zur Not auch zu Fuß aus der Gegend verschwinden. Aber wenn nicht, würde er alles daran setzen, die Karre und damit nicht nur sein Totendasein zu retten.

Ich passierte eine Spedition, eine Werkstatt für Metallbearbeitung, einen Steinmetz, wurde immer schneller dabei. Was ja nicht das Dümmste war: Je schneller ich mich bewegte, um so schwerer würde es Ulrich fallen, mich anzuvisieren. Zumal er nicht gerade ein Superschütze war, oder weswegen hatte er Ramona sonst so zugerichtet? Schließlich rannte ich nach Leibeskräften, wechselte ein paarmal die Richtung, scherte mich einen Dreck um die Gefahr. Vergebens. Nirgendwo ein Fahrzeug, das in Frage gekommen wäre. Erst als mir die Luft wegblieb, machte ich halt. Zugleich nahm ich mir vor, wieder mit dem Joggen anzufangen. Und vielleicht auch mal ein Fitness-Studio aufzusuchen. Geradezu erbärmlich, meine Kondition! Nur weil ich zeitlebens nie Gewichtsprobleme gehabt hatte, war dies kein Grund, endlos so weiterzumachen. Achtundvierzig war immerhin ein Alter, in dem andere schon mit der Rente liebäugelten.

Ich stützte mich auf den Kotflügel eines Lastwagens, bemerkte erst jetzt das Motorrad. Genauer gesagt war es ein Chopper, abgestellt zwischen einem Firmenlieferwagen und einem Gabelstapler. Aber Ulrich auf so einer Flaniermaschine! Doch besser als gar nichts, dachte ich. Aufs Geratewohl weiterzulaufen war sinnlos, und letztendlich doch zu gefährlich. Ich hatte mein Glück schon genug strapaziert in den letzten Minuten.

Ich wollte eben los, um mir das Kennzeichen des Choppers anzusehen, da bog er um die Ecke, etwa hundertzwanzig Meter entfernt. Gesicht vermummt, aber mit leeren Händen. Ansonsten bekleidet mit einer dunklen Jacke und einer dunklen Hose. Er kam mir kleiner und schmächtiger als Ulrich vor, aber das konnte täuschen. Er starrte mich an, scheinbar unschlüssig, wohin er sich wenden sollte. Wie lange wir so dastanden und uns gegenseitig taxierten, keine Ahnung. Vermutlich nur ein paar Sekunden. Jedenfalls kam keiner von uns auf die glorreiche Idee, loszustürmen und zu feuern, was das Zeug hielt. Wie es im Kino immer so schön vorexerziert wird. Kein Zweikampf unter Kamikaze-Kriegern, kein brüllendes Wettrennen in den Tod. Nur zwei verängstigte menschliche Wesen, die dastanden und blöd guckten.

Bis sich Ulrich einfach umdrehte und davonrannte. Was mich wiederum ermutigte, ihm nachzusetzen. Um das Motorrad konnte ich mich später kümmern. Schließlich zählte jetzt jede Sekunde. Aber schon zwei Ecken weiter war er plötzlich wie vom Erdboden verschluckt. Ich blieb stehen, drehte mich einmal um die eigene Achse. Nichts. Rechts von mir verlief ein gut mannshoher Maschendrahtzaun, links ragte die Mauer einer Fabrikanlage hoch. Und direkt vor mir befand sich ein Lagerhaus, eigentlich mehr ein Schuppen, mit einem Tiefkühllaster aus Rumänien davor. Wobei das Heck des Frachtanhängers fast die Dachkante des Lagerhauses berührte.

War Ulrich auf diesem Weg entwischt, über den Laster und das Dach des Lagerhauses? Es sah einfach zu einladend aus! Ich schwankte. Ich konnte natürlich kehrtmachen und vielleicht über das Kennzeichen des Motorrads den Kerl festnageln. Aber auch nur vielleicht. Damit wäre er zwar aufgeflogen, aber längst nicht gefaßt. Und mit zwanzig Millionen als Rücklage war es verdammt fraglich, ob er jemals geschnappt würde. Ich entschied, ihm zu folgen. Ich steckte mir den Revolver hinten in den Hosenbund, kletterte aufs Trittbrett und zog mich von dort aufs Dach der Fahrerkabine hoch. Was mir gar nicht so leicht fiel und länger dauerte, als ich angenommen hatte. So daß ich plötzlich daran zweifelte, ob ich auch das Richtige tat. Dann sprang ich auf den Frachtanhänger rüber, blieb dabei prompt an irgendeinem Haken hängen und klatschte, mit dem rechten Knie voran, der Länge nach bäuchlings auf das verschmierte Blech. Was nicht nur verdammt weh tat, sondern auch einen Höllenlärm verursachte. Gleichzeitig machte sich mein Revolver selbständig, rutschte übers Dach raus und landete scheppernd unten auf dem Asphalt.

Grandios, dachte ich. Eine klitzekleine Kletterpartie, und schon war jedes Klischee eines dämlichen Weibsbilds erfüllt. Aber bevor ich dazukam, mich noch mehr aufzuregen, hörte ich die Schritte. Seine Schritte. Und sie kamen nicht übers Dach des Lagerhauses, sondern von unten, näherten sich dem Laster.

34.

Ich hob den Kopf an und hatte ihn augenblicklich vor mir, in greller Deutlichkeit, wie durch ein Teleobjektiv herangeholt. Er war eher klein und drahtig, immer noch maskiert, und er war definitiv nicht der Mann, den ich tagelang beschattet hatte. Also entweder ein Mietkiller oder ein weiterer Komplize! Kurz vorm Laster blieb er stehen und blickte mit zurückgeworfenem Kopf zu mir hoch, zeigte aber keine Waffe vor. Statt dessen lachte er mich aus, so jedenfalls mein Eindruck. Dann ging er ruhigen Schritts weiter, bückte sich und nahm meinen Revolver an sich. Ganz so, als wäre dies die natürlichste Sache der Welt! Ich konnte es nicht fassen. War's am Ende so, daß dieser Idiot seine Waffe leergeschossen und keine Ersatzmunition bei sich hatte? Daß ich nur deswegen bei meinem Aufstieg auf diesen bescheuerten Laster verschont geblieben war? Ein Amateur also, ein windiger Anfänger! Aber schlau genug, um seine Chance abzuwarten. Auf einen zweiten Idioten zu warten, der ihm seine Knarre direkt vor die Füße werfen würde.

Es kam mir kurz in den Sinn, den Kerl anzuspringen, noch so eine Zirkusnummer zu versuchen. Aber dann rollte ich mich doch auf die andere Seite, erhob mich und faßte mit beiden Händen nach der Dachkante des Schuppens. Ich zog mich hoch, in der festen Erwartung, gleich eins in den Rücken zu kriegen. Aber nichts. Schnell rappelte ich mich auf und eilte weiter. Das Blech unter meinen Füßen knirschte und knackte zwar bedenklich, hielt aber stand. Erst am anderen Ende blickte ich zurück. Keine Maske. Ich ließ mich vorsichtig zu Boden und peilte die Lage. Da, endlich eine Straße mit Verkehr, vielleicht dreihundert Meter weiter. Mein Herz hüpfte vor Freude. Es würde doch noch alles ein gutes Ende nehmen. Aber plötzlich knickte mein rechtes Knie weg, so daß ich nur mit Mühe das Gleichgewicht halten konnte. Verdammt, das hatte mir gerade noch gefehlt! Plötzlich waren die dreihundert Meter eine unendlich lange Strecke. Ich hätte am liebsten losgeheult. Nun war ich wirklich hilflos, ganz der Gnade der Umstände ausgeliefert.

Dreihundert Meter ohne jede Deckung. Aber doch der kürzeste Weg. Richtig, und genau darauf würde diese Ratte auch spekulieren, auf meine Panik, auf meinen Wunsch, diesen Albtraum endlich abschütteln zu können. Er würde warten, bis ich losgelaufen war, hübsch sichtbar war, und dann einfach hinterherkommen. Und mich mit meinem eigenen Revolver über den Haufen schießen.

Ich wandte mich ab und humpelte in die andere Richtung. Meine Umsicht wurde belohnt. Schon nach wenigen Minuten tauchte Scheinwerferlicht in meinem Blickfeld auf. Ein Kleintransporter, der vor einem Lagerhaus geparkt war. Mit einer Person am Steuer. Ich konnte mich gerade noch daran hindern, einfach loszuschreien. Der Fahrer sah mich kommen. Er schnippte einen Zigarettenstummel aus dem Fenster und startete den Motor. Zugleich schaltete er auf Fernlicht um. Ich riß beide Arme in die Höhe, vergebens. Er fuhr einfach auf mich los, ohne jede Rücksicht. Ich sprang im letzten Augenblick beiseite, schlug mit beiden Händen noch gegen die Hecktür, alles umsonst. Der Transporter beschleunigte weiter und war gleich darauf hinter einem Lagerplatz für Baumaterialien verschwunden. Dieses Schwein! Ich war am Verzweifeln. Ausgerechnet ein Einbrecher, der mir über den Weg laufen mußte. Und vermutlich würde das Motorengeräusch auch noch meinen Verfolger anlocken.

Ich lief also weiter, fand mich unversehens zwischen einer Ansammlung von ausrangierten Abfallcontainern wieder. Ich entschied, eine Pause einzulegen. Mein lädiertes Knie pochte inzwischen wie verrückt, ich sackte haltlos zu Boden. Kräftesammeln hieß die Devise, Kräftesammeln für einen möglichen Endspurt. Zugleich spielte ich mit dem Gedanken, mich irgendwo zu verstecken und den Morgen abzuwarten. Irgendwo reinzukriechen und mich totzustellen. Ich spähte beiläufig um die Ecke und hielt den Atem an. Da stand er, in voller Lebensgröße, und kehrte mir den Rücken zu. Er hatte seine Maske abgenommen und wischte sich eben mit dem Handrücken über das Gesicht. Er hatte seine Haare hinten zusammengebunden, an seinem rechten Ohrläppchen blinkte etwas auf. Ich machte mich klein, wagte kaum zu atmen. Als ich das nächste Mal Ausschau hielt, war er weg. Ich blieb noch eine Weile sitzen, so lange, bis mein Knie rebellierte. Ich fand die Zufahrt zum Containerhof, folgte dann der Straße bis zur Einmündung in die nächste, einer Durchgangsstraße. Dort stellte ich mich einfach auf die Fahrbahn, stellte mich dem erstbesten Wagen in den Weg. Es war ein Taxi. Obwohl der Fahrer kräftig abbremste, wurde ich dennoch zur Seite geschleudert, schlug mit dem Kopf auf und alles versank in tiefroter Schwärze.

35.

Eine Dreiviertelstunde nach meiner Kollision mit dem Taxi stand die Diagnose fest: eine schwere Gehirnerschütterung, zwei angebrochene Rippen, jede Menge Prellungen und etliche Platzwunden. Mächtig angeschlagen also, aber im wesentlichen heil geblieben. Das fanden auch die beiden Streifenpolizisten, die mich quasi noch auf dem Röntgentisch verhören wollten. Denn im Rettungswagen hatte ich lediglich angegeben, ich sei von einem Mörder verfolgt worden. Vom Mörder einer Prostituierten namens Ute »Ramona« Morawski. Der diensthabende Arzt scheuchte die Beamten zwar auf den Flur hinaus, aber schon beim Desinfizieren und Verbinden waren sie wieder zur Stelle.

»Sie müssen das verstehen«, sagte der eine. »Wir haben

eine Großfahndung laufen und wissen im Grund nicht, nach wem. Wir brauchen unbedingt Ihre Mitarbeit. Jede Minute zählt.«

»Ich glaube, er fährt ein Motorrad«, sagte ich. »So einen Chopper, Sie wissen schon.« Ich beschrieb den beiden auch, wo ich die Maschine gesichtet hatte. Auch wenn ich längst nicht mehr an einen Fahndungserfolg glaubte.

»Das Kennzeichen?«

»Tut mir leid . . .«

»Und sonst?«

»Der Mann ist ungefähr einsfünfundsiebzig groß, schlank, und trug eine schwarze Lederjacke, schwarze Jeans und feste Schuhe. Und solange er hinter mir her war, leider auch eine schwarze Maske. So eine Skimütze.«

Den Pferdeschwanz und den Ohrring behielt ich für mich. Das würde den Kerl nur glauben machen, ich hätte vielleicht noch mehr gesehen, und mich vollends in die Scheiße reiten. Zeugen leben gefährlich! Zumal ich nicht die Absicht hatte, Marion zu verraten. Nicht unter diesen Umständen.

Der andere Beamte verschwand, um die Kollegen entsprechend zu instruieren.

»Die Frau wurde erschossen«, sagte der Polizist weiter. »Hat der Kerl auch auf Sie geschossen?«

»Nein. Aber er hat meinen Revolver . . .«

Der Arzt, der mir eben ein Pflaster auf die aufgeschlagene Kniescheibe kleben wollte, hielt inne und guckte mich entgeistert an. Auch einer der anwesenden Sanitäter schenkte mir plötzlich seine Aufmerksamkeit. Der Polizist war verwirrt. »Wie bitte?«

»Ich bin Privatdetektivin und war beruflich dort. Am Tatort, meine ich . . .«

»Dann haben Sie also die Tote entdeckt und Meldung gemacht?«

»Natürlich ... Und bei dem Versuch, den Kerl zu schnappen, hab ich dann, so leid's mir tut, meinen Revolver verloren.«

»Hey, wie geht denn sowas?« fragte der Sanitäter. »Läßt man das Ding dabei einfach fallen oder ist ein Trick dabei?«

»Ich zeig's Ihnen bei Gelegenheit«, sagte ich. »Aber nur, wenn Sie sich das sogenannte Ding anschließend in den Arsch schieben und Russisches Roulette damit spielen.«

Der Arzt lachte. Der Sanitäter verzog das Gesicht und ging hinaus.

»Sie brauchen doch gar keine Waffe, bei dem Mundwerk«, sagte der Arzt.

»Mit den Kollegen von der Kripo werden Sie aber nicht so umspringen können«, sagte der Beamte.

»Glauben Sie im Ernst, nach dieser Nacht könnte mich noch irgend etwas erschüttern?« erwiderte ich. »Erst finde ich eine Leiche, dann stelle ich fest, daß der Täter noch im Haus ist, dann renne ich um mein Leben, verliere meine Waffe an diesen Kerl, und zum Schluß fährt mich um Haaresbreite ein Taxi tot. Da werden Ihre Kollegen kaum mithalten können, fürchte ich.«

»Sie brauchen jetzt vor allem Ruhe«, beendete der Arzt unsere Konversation.

Der Polizist verdrückte sich, und ich wurde auf mein Zimmer gebracht. Das andere Bett war zum Glück leer, dennoch war es mit der Nachtruhe nicht weit her: Um drei Uhr morgens ging die Tür auf und Oberstaatsanwalt Bachmaier höchstpersönlich schaute nach dem Rechten. Ging's mir gut, war ich ordentlich untergebracht, war ich wirklich so nachlässig im Umgang mit Schußwaffen, wie ihm zu Ohren gekommen war? Ich bot ihm trotzdem einen Stuhl an, wieder hellwach, wenngleich ziemlich schmerzgeplagt.

»Er hat eine Pistole benutzt«, sagte Bachmaier. »Vermutlich Kaliber zweiundzwanzig. Insgesamt sechs Einschüsse. Teilweise aus kürzester Distanz beziehungsweise mit aufgesetzter Waffe. Vermutlich hat sie ihn überrascht und ist auf ihn losgegangen, und er wußte sich nicht anders zu helfen.«

»Das klingt gerade so, als wollten Sie den Kerl entschuldigen.«

»Um Gottes willen nein ...«

»Es gab also keinen Kampf vorher?«

»Sieht nicht so aus ... Jedenfalls scheint sich die Sache jetzt doch auszuweiten. Was wollten Sie eigentlich dort?«

»Sie hat mich angerufen«, log ich. »Sie wollte mich unbedingt sehen. Angeblich, um mir wichtige Informationen anzubieten. Informationen über ihren Bruder und ein dickes Ding, in das er verwickelt war. Und als niemand aufgemacht hat, bin ich eben rein.«

»Die eingeschlagene Glasscheibe an der Hintertür hat Sie nicht stutzig gemacht?«

»Das war ich ...«

»Interessant. Das würde dann ja bedeuten, sie hat den Täter vielleicht selbst ins Haus gelassen?«

»Hab ich mich auch schon gefragt, ja.«

»Vielleicht war es kein Unbekannter für sie?« Bachmaier blickte mich forschend an. »Sie haben den Täter als mittelgroß und schmal beschrieben. Könnte es sich dabei eventuell auch um eine Frau gehandelt haben?«

Ich zuckte innerlich zusammen. Natürlich, warum eigentlich nicht? Der Pferdeschwanz, die fehlende Munition, das zögerliche Vorgehen!

»Schon möglich«, erwiderte ich. »Und das Motorrad?«

»Ach so, natürlich. Das war leider weg ... Also, was meinen Sie? Könnte der Täter nicht eine Kollegin von dieser Ramona gewesen sein? Die das sozusagen nebenberuflich macht?«

»Bißchen weit hergeholt, finden Sie nicht?«

»Alles schon dagewesen. Zwar nicht hier in München, aber in Berlin zum Beispiel.« Bachmaier erhob sich. »Auf jeden Fall kriegen Sie fürs erste Polizeischutz. Könnte ja sein, der Täter glaubt, Sie hätten doch mehr erkannt als nur seine Umrisse.« Es klang nicht im mindesten sarkastisch.

Ich murmelte ein Dankeschön und dämmerte weg.

Zwei Stunden später kam zwecks Morgentoilette die Schwester angerückt. Wasser und Seife fürs Gesicht waren zwar durchaus angebracht, aber der Preis dafür war hoch, ich konnte nicht mehr einschlafen, sondern nur noch gottergeben aufs Frühstück warten. Das kam dann kurz nach sieben, zusammen mit Madeleine. Genauer gesagt, kam erst einer der Beamten rein, zeigte mir Madeleines Presseausweis und fragte, ob mir die Dame bekannt sei.

Madeleine setzte sich zu mir aufs Bett, war wie immer bestens informiert. »Du machst ja Sachen«, sagte sie. »Seit wann werden Privatdetektive denn in Mordfälle verwickelt?«

»Ich hab eine Leiche gefunden, mehr nicht«, wiegelte ich ab. »Verwickelt in die Sache ist wohl eher der Mörder, und der ist mir leider entwischt.«

»Und weswegen stehen dann zwei Polizisten vor deiner Tür und führen sich auf, als müßten sie eine Kronzeugin beschützen?«

»Ein Liebesdienst von Staatsanwalt Bachmaier ... Vielleicht glaubt er, mich so für den Verlust meines Revolvers entschädigen zu können.«

Madeleine blickte mich verständnislos an. »Den Verlust deines Revolvers?« wiederholte sie.

Ich erzählte Madeleine kurz von meinem Lkw-Intermezzo. Zwischendurch schmierte ich Butter auf mein Brötchen und trank meinen Früchtetee. Zu empfehlen war keins von beiden. Madeleine machte sich ein paar Notizen dazu, schüttelte dann den Kopf. »Also, daß dein Revolver nun im Besitz von diesem Killer ist, davon hat niemand auch nur ein Sterbenswörtchen erwähnt. Und ich darf von mir behaupten, daß ich wohl die besten Beziehungen hier in München habe.«

»Aber scheinbar keinen so einflußreichen Freund wie diesen Bachmaier ...«

Madeleine nickte. »Aber auf Dauer wird er die Information auch nicht zurückhalten können.«

»Vermutlich nicht, aber dann wird es garantiert nicht mehr so hochgespielt. Und die arme Claudia dem Gelächter preisgegeben.«

Madeleine beugte sich über mich und küßte mich auf die Stirn. »Für mich bist du immer noch die Größte. Aber jetzt muß ich weiter. Wird ein toller Bericht, das verspreche ich dir.«

Madeleine war kaum weg, da steckte Paul sein Gesicht zur Tür rein. Er hatte meine Handtasche dabei. »Darf ich reinkommen?« fragte er etwas dümmlich.

Ich winkte ihn her. Er setzte sich auf Madeleines Platz, reichte mir die Tasche. Dabei drückte er meine Hand, lächelte aufmunternd. »Bist du okay?« fragte er schließlich.

»Zum Rumliegen reicht es«, erwiderte ich. »Und bei euch? Schon eine Spur von dem Mistkerl?«

»Die Kollegen haben ungefähr zwanzig Motorradfahrer festgenommen, darunter vier weibliche. Aber die meisten sind schon wieder draußen ... Und dir ist nichts mehr eingefallen in der Zwischenzeit?«

»Nein, leider ...«

»Na ja, Hauptsache, dir ist nichts passiert ... Sag mal, was hältst du von einer Woche Urlaub, wenn du hier wieder raus bist? Bekannte von mir waren gerade im Burgenland. Die waren begeistert.«

»So?«

»Die haben übrigens tolle Weine da unten.«

Das hörte sich schon besser an. Eine Woche Saufen wäre jedenfalls nicht zu verachten, nach diesem Schock.

»Überleg's dir, okay . . .« Er stand auf. »Ich komme dann abends noch mal vorbei, einverstanden?«

Ich nickte nur.

Um halb zehn war es dann endlich soweit: Marion stand in der Tür. Hinter ihr einer meiner Bewacher.

»Ist schon gut«, sagte ich. »Ist eine Freundin von mir.«

»Ich hab's heute morgen in den Nachrichten gehört«, sagte sie. »Eigentlich wollte ich gleich los, aber dann ist schon wieder dieser Staatsanwalt aufgekreuzt und hat mich mit tausend Fragen gelöchert . . .«

»Hier war er auch schon . . .«

»Jedenfalls bin ich froh, daß Sie so glimpflich davongekommen sind.« Marion blieb am Bettende stehen und musterte mich.

»Verrückt, nicht?« sagte ich. »Dabei bin ich nur mal kurz hingefahren, um rauszukriegen, was das für Informationen sein sollen, die sie mir da am Telefon so schmackhaft gemacht hat . . . Und rumms, wär's mir fast an den Kragen gegangen.«

»Sie meinen, sie wollte Ihnen ein Geschäft vorschlagen?«

»Hat sich jedenfalls so angehört . . . Hat die Polizei denn nichts gefunden?«

»Nur Fotos und ein paar Videobänder. Harmloses Zeug, sagen sie.«

Marion ging zum Fenster, blickte hinaus. »Ich mache mir die größten Vorwürfe«, sagte sie dann. »Ich hätte Sie da nie mit reinziehen dürfen . . . Und jetzt läuft da draußen ein Killer herum und keiner weiß, wer sein nächstes Opfer sein wird. Oder warum das Ganze.«

»Mich kann er dabei ruhig ausklammern.«

»Dieser Staatsanwalt glaubt sogar, es könnte eine Frau

gewesen sein ... Bin gespannt, wann sie mich nach meinem Alibi befragen.«

»Und, haben Sie eins?«

»Ich war zu Hause, wo sonst? Allein, versteht sich ...«

Marion und Ulrich hatten einen Komplizen, dessen war ich nun absolut sicher. Mietkiller oder so hakte ich ab. Ausgeschlossen, in München und dazu noch auf die Schnelle so etwas zu arrangieren. Womöglich war der Kerl sogar mehr als nur ein Komplize. Vielleicht Marions Liebhaber? Oder überhaupt der Dritte im Bund, in jeder Hinsicht?

Der unbekannte Dritte!

Den es aufzuspüren galt!

Bis dahin würde ich jedenfalls die Dumme spielen. Beweisen könnte ich ohnehin nichts von Ramonas Behauptungen, nur meine Trümpfe aus der Hand geben. Hauptsache, Marion hatte keinen Verdacht geschöpft, glaubte weiter an einen Zufall.

36.

Nach meiner Entlassung am Tag darauf blieb ich erst mal zu Hause und versuchte mich weiter in Bettruhe. Umsorgt von Paul, der von Bachmaier quasi zu meinem persönlichen Leibwächter befördert worden war. Paul wimmelte auch ein paar Fernsehleute ab, die mein Katz- und Mausspiel mit Ramonas Mörder in einer Talkshow verbraten wollten. Das hätte mir gerade noch gefehlt, ich als Gast in so einer Idiotenrunde! Dann könnte ich mir in Zukunft gleich ein Schild umhängen: Achtung, Privatdetektiv.

Am dritten Tag fühlte ich mich wieder weitgehend fit, und ich schlug vor, nun doch für eine Woche an den Neusiedler See zu fahren. Marion lief mir nicht davon, und je mehr Zeit verstrich, um so unvorsichtiger würden die beiden werden, sie und dieser Pferdeschwanz. Und dann würde ich zuschlagen.

Paul war natürlich einverstanden, packte mich in meinen Jeep und düste los. Leider kam er kurz vor der Grenze auf die Idee, doch in Freilassing Zwischenstation zu machen. Um meine Wurzeln kennenzulernen, wie er meinte.

»Spinnst du?« erwiderte ich. »Du weißt doch, daß meine Eltern tot sind.«

»Aber dein Bruder lebt doch da . . . ?«

»Ja richtig, mein Bruder. Aber soll ich dir was verraten: Wenn's meinen Bruder zufälligerweise nicht gäbe, würde mir das wohl als letzte auffallen.«

»Sag sowas nicht. Er ist Lehrer, nicht wahr?«

»Schlimmer noch, nennt sich Seminardirektor. Ein Lehrer, der andere Lehrer prüft.«

»Und dein Ex-Mann, wohnt der nicht auch da irgendwo in der Gegend?«

Ich stieß Paul in die Seite. »Hör mal, es ist mein Wagen, den du da fährst! Also hör auf mit diesem Familienkram, oder wir fahren tatsächlich rein. Aber nur bis zum Bahnhof. Und du kannst dann mit dem Zug nach München zurückfahren.«

Das wirkte. Denn Paul fühlte sich sichtlich wohl am Steuer von meinem Jeep. Auch wenn er anfangs die Automatikschaltung moniert hatte. Und natürlich die enormen Windgeräusche. Aber die mehr als zweihundert PS hatten ihn dann wieder versöhnt. Ich schob eine CD von Holly Cole rein und sah mir das Salzkammergut an.

Unsere Unterkunft lag nicht weit vom See entfernt, und so hatte Paul noch am selben Abend das Vergnügen, mich im Mondschein über dieses laut Werbung in Europa einzigartige Binnengewässer rudern zu dürfen. Was tatsächlich sehr romantisch war. Auch das Essen war vorzüglich. Und natürlich erst die Weine!

So vergingen vier sorglose Tage, wobei Paul auch im Bett durchaus akzeptable Qualitäten entwickelte. Nicht, daß er mich mit irgend etwas überrascht hätte, aber er war lieb, zärtlich und hin und wieder sogar richtig feurig. Was mich wiederum verleitete, ihm ein richtiges Verhältnis in Aussicht zu stellen.

»Aber eins möchte ich gleich klarstellen«, sagte ich. »Ich werde nie mit dir zusammenziehen und trautes Heim, Glück allein spielen.«

»Ist nur schade wegen der schönen Wohnung«, erwiderte er. »Aber allein kann ich sie mir auf Dauer nicht leisten . . . Na ja, ist eben der Preis, wenn zwei sich trennen und einer allein für alles aufkommen muß.«

»Schröpft sie dich sehr, die gute Gerlinde?«

»Na ja, geht so . . . Hast du Angst, ich könnte dich anpumpen?«

»Nicht, wenn wir alles fein säuberlich auseinanderhalten.«

Am Morgen des fünften Tages kam ein Anruf von Tante Agnes, und die Idylle war zu Ende. Hermann hatte einen Schlaganfall erlitten und lag nun in München im Krankenhaus, im Klinikum rechts der Isar. Sein Zustand war zwar relativ stabil, eine genauere Prognose aber noch unmöglich. Jedenfalls wollte Tante Agnes in seiner Nähe bleiben und deswegen fürs erste bei mir unterkommen. Genauer gesagt, wollte sie zwar in meine Wohnung, ich aber sollte währenddessen ihren Hof versorgen. Natürlich war ich einverstanden und vereinbarte mit ihr, sie am Abend im Krankenhaus abzuholen.

Auf der Rückfahrt dann, wiederum mit Paul am Steuer, reifte ein Plan in mir. Der Plan gefiel mir zwar nicht sonderlich, aber je länger ich darüber nachdachte, um so unvermeidlicher fand ich mein Vorhaben. So eine Gelegenheit würde nicht wiederkommen, soviel stand fest. Und diesmal würde ich es sein, die wie eine Spinne im Netz auf ihr nichtsahnendes Opfer lauerte. Ich blickte zu meinem Fahrer. Sollte ich Paul ins Vertrauen ziehen, ihn als Rückendeckung anheuern? Paul war vielleicht kein toller Polizist, aber immerhin ein langjähriger. Und einem Job, der uns letztlich ein paar Millionen einbringen könnte, bestimmt nicht abgeneigt.

Nein, sagte ich mir dann, zu viele Risikofaktoren. Dafür kannte ich diesen Mann einfach nicht gut genug. Außerdem wollte ich niemanden sonst in Gefahr bringen. Es reichte mir, daß ich Ramona verloren hatte. Nein, dies war einzig und allein meine Sache.

37.

Ich holte Tante Agnes vom Krankenhaus ab und brachte sie in meine Wohnung. Sie war natürlich ziemlich runter mit den Nerven, und es fiel mir schwer, sie gleich wieder allein zu lassen. Aber das, was ich vorhatte, duldete keinen Aufschub. Ich rief Marion an, plauderte kurz mit ihr über Paul und das schöne Burgenland und fragte dann, ob ich sie zum Abendessen einladen dürfte. Weil ich da nämlich ein kleines Problem am Hals hätte und ihren Rat bräuchte. Wie erwartet war sie einverstanden, und wir verabredeten uns für acht in einem Nobel-Italiener in Schwabing.

Bevor ich losfuhr, inspizierte ich mein von Carl hinterlassenes und nicht ganz legales Waffenarsenal, das in einem Schuhkarton unter meinem Bett lagerte. Ich konnte ja schlecht wissen, wie Marion auf mein »Geständnis« reagieren würde. Womöglich war der Pferdeschwanz ganz in ihrer Nähe und sie beschlossen, mich umgehend aus dem Verkehr zu ziehen. Eine schußwaffenfreie Tasche wäre dann vermutlich mein Todesurteil. Ich entschied mich für den kurzläufigen, fünfschüssigen Revolver Kaliber achtunddreißig. Die zweite Waffe, eine fünfzehnschüssige Browning-Pistole, legte ich zu den Sachen, die ich zu Tante Agnes' Hof mitnehmen würde. Denn spätestens dort würde es Krieg geben.

»Seit wann rauchen Sie denn?« fragte Marion, sowie sie Platz genommen hatte.

»Seit ich aus dem Krankenhaus raus bin ... « log ich. Ich hatte zudem kein Make-up aufgelegt oder mich sonst irgendwie fein gemacht. Ich wollte wie eine Frau wirken, die ziemlich am Ende ist, ängstlich, verschlampt und natürlich redselig.

Marion hingegen bot das exakte Gegenteil meiner Erscheinung: kühle Eleganz von Kopf bis Fuß.

Wir unterhielten uns über ein paar Nichtigkeiten wie das Münchner Nachtleben, stocherten beide in unserem Salat herum, dann kam sie endlich von sich aus wieder auf das Thema. »Ich fürchte, das Zusammentreffen mit diesem Killer hat Sie doch mehr mitgenommen, als Sie gedacht haben, richtig?«

Ich nickte bedächtig. »Wenn es nur das wäre«, murmelte ich dann.

Marion horchte auf. »Wie soll ich das verstehen?«

Ich leerte mein Glas, steckte mir die nächste Zigarette an. Ich sagte: »Um es kurz zu machen: Ich hab der Polizei einiges verschwiegen, und jetzt weiß ich nicht, wie ich das wieder auf die Reihe bringen kann.«

Marion legte ihre Gabel beiseite und beugte sich zu mir rüber. Es sah fast so aus, als wollte sie mich küssen. Sie sah mir tief in die Augen. »Sie können mir vertrauen«, sagte sie. Es klang atemberaubend echt. »Wir waren doch immer offen zueinander, oder etwa nicht?«

»Ja, sicher ...«

Der Ober wollte uns Wein nachschenken, aber Marion wehrte ab. Ich dagegen tat, als sei ich äußerst dankbar für die nächste Dosis Alkohol. Ich sagte mit gesenkter Stimme: »Es ist nämlich so, ich hab diesen Kerl doch gesehen. Ich meine, ohne Maske. Zwar nicht direkt von vorne, aber doch mehr als nur das Profil von ihm.«

Mein Bluff war ein Volltreffer. Marions Gesicht wurde zu Stein. »Was sagen Sie da?« wisperte sie.

»Es war auf diesem Containerhof, Sie wissen schon. Klar war's ziemlich finster und ich war halb verrückt vor Angst, aber ich glaube doch, daß ich genug gesehen hab. Genug, um ihn wiederzuerkennen.«

Marion schob ihren Teller weg, stieß dabei fast ihr Weinglas um. Sie sagte: »Er hat die Maske abgenommen? Aber wieso denn?«

»Er hat sich den Schweiß abgewischt, war wohl auch für ihn ein bißchen viel, das ganze Gerenne. Ich hab ein paar Meter daneben hinter einem Container gelegen, so gut wie gelähmt ... Mein Gott, ich darf gar nicht daran denken: eine falsche Drehung, und er hätte mich im Sack gehabt.«

Marion schwieg sekundenlang. Die Überraschung war noch nicht aus ihrem Gesicht gewichen. Nun konnte ich nur hoffen, daß sie keine allzu detaillierten Angaben verlangte. »Dann erzählen Sie doch, wie hat er ausgesehen?« brachte sie mühsam hervor.

»Nun ja, er hatte blonde Haare, ziemlich lang, zu einem Pferdeschwanz gebunden. Seine Stirn war ziemlich hoch, seine Nase eher zierlich, glaube ich. Er war so Ende Zwanzig, schätze ich. Recht gutaussehender Kerl, muß ich sagen ... Sagt Ihnen das was? Kennen Sie so jemanden?«

Marion schüttelte energisch den Kopf. »Nein, ich glaube nicht ... Und warum haben Sie das nicht gleich der Polizei gemeldet? Wenn der Kerl aktenkundig ist, wäre der Spuk vielleicht schon längst vorbei.«

»Und wenn nicht? Dann weiß er, daß es eine Zeugin gibt und würde alles dran setzen, um diese Zeugin unschädlich zu machen. Und mein Leben würde verdammt nochmal den Bach runtergehen ...« Ich war bei den letzten Worten ziemlich laut geworden, die anderen Gäste guckten schon. Braves Publikum, dachte ich.

»Aber wäre die Wahrscheinlichkeit nicht sehr groß, daß er vorbestraft ist? Ich meine, mit so was wird man doch nicht geboren ...«

»Vielleicht, aber ich glaube nicht, daß es ein Profi war.«

»Dann könnten Sie immer noch ein Phantombild anfertigen lassen, oder?«

Ich lachte verächtlich. »Haben Sie schon mal gehört, daß jemand aufgrund eines Phantombilds gefaßt wurde? Ich nicht. Aber ich bin sicher, daß gerade dieser Killer an so einen Blödsinn glaubt, und dadurch erst recht angestachelt würde, gegen mich vorzugehen ... Den Rest können Sie sich denken.«

»Verstehe. Aber gibt es für solche Fälle nicht Polizeischutz, oder sogar eine neue Identität?«

»Schon möglich. Nur leider gefällt mir meine jetzige Identität. Und selbst wenn, die Angst würde dennoch bleiben, da bin ich mir ziemlich sicher.«

»Hört sich an, als hätten Sie sich schon entschieden?«

Ich verzog das Gesicht. »Ja und nein. Ich glaube, ich muß noch mal in aller Ruhe darüber nachdenken. Und ich weiß auch schon, wo.«

»Ach ja, wo denn?«

Ich erzählte Marion mit knappen Worten von Hermann und Tante Agnes, und von meiner Absicht, die nächsten Tage auf dem Hof zu verbringen.

»Gute Idee ... « sagte sie. »Kommt Ihr Freund auch wieder mit?«

»Paul? Um Gottes willen nein. Die eine Woche reicht mir vollkommen. Ich möchte wirklich alleine sein... Und ich kann mich wirklich auf Sie verlassen, Sie verraten nichts an Bachmaier?«

»Ich werde mich hüten. Ich hab Sie schon einmal in Gefahr gebracht, das reicht doch, oder?«

Ich drückte Marions Hand. »Danke, daß Sie mir zugehört haben...« Ich winkte dem Ober. »Die Rechnung bitte.«

»Ich will mich ja nicht aufdrängen«, sagte Marion dann,»aber soll ich Sie vielleicht begleiten? Mir täte ein bißchen frische Bergluft vermutlich auch ganz gut.«

Das könnte dir so passen, dachte ich, damit du in aller Ruhe alles auskundschaften kannst und sich dein Killer nirgendwo den Kopf anstößt. Ich unterdrückte ein Lächeln und sagte: »Danke, aber ich möchte erst mal wirklich ganz für mich alleine sein. Aber vielleicht zum Wochenende, was halten Sie davon?«

»Ja, warum nicht, klar...« erwiderte sie ohne viel Überzeugungskraft. Aber wie auch, in ihren Augen war ich am Wochenende ja längst tot.

»Passen Sie auf, ich zeichne Ihnen schnell eine Skizze, dann finden Sie den Weg leichter.« Ich kramte in meiner Handtasche nach Papier und Kugelschreiber, zahlte nebenbei die Rechnung. Ich konnte schließlich nicht ewig Augen und Ohren offenhalten. Achtundvierzig Stunden, so viel Zeit gab ich mir. War bis dahin die Falle nicht zugeschnappt, würde ich die Aktion abblasen.

Marion war geradezu entzückt über meine Wegbeschreibung. »Ist es denn so abgelegen?« fragte sie.

»Für hiesige Verhältnisse schon. Immerhin verlaufen sich jedes Jahr dort oben Leute oder stürzen sogar ab. Ich meine, sie fallen uns nicht gerade aufs Hausdach, aber allein ich hab schon zwei langjährig Vermißte gefunden. Genauer gesagt, zwei in Skianzüge verpackte Skelette.«

»Das ist ja schrecklich!«

»Was? Sie zu finden oder so sterben zu müssen, so ohne jeden Grund?«

»Aber man kann schon bis zum Haus fahren, oder?«

»Sicher. Inzwischen hat man die Straße sogar geteert. Bis auf die letzten zwei Kilometer, die stehen wohl unter Naturschutz.«

Wir lachten. Eine Stunde später war ich wieder auf der Autobahn. Ich drückte kräftig aufs Gaspedal, was sonst nicht meine Gewohnheit war. Aber ich hatte den Gegner schon einmal unterschätzt und war zu spät gekommen. Und die Vorstellung, dieser Dreckskerl könnte bereits auf mich warten, machte mich halb wahnsinnig. Aber je näher ich den Bergen kam, um so ruhiger wurde ich. Bis mir etwas anderes angst machte: Ich war nicht nur bereit, dem Kerl eine Falle zu stellen, ihn notfalls sogar zu töten. Nein, ich verspürte richtiggehend Lust darauf, ihm eine Lektion zu erteilen.

38.

Hermanns Flinte über der Schulter, so schritt ich dann im Morgengrauen wie ein Feldherr das Schlachtfeld ab. Allerdings in Gummistiefeln, Parka und mit Kopftuch, also kaum zum Fürchten. Aber noch, so hoffte ich inbrünstig, mangelte es mir an Zuschauern. Es lag meistenteils noch dichter Nebel, aber der Wetterbericht hatte einen Spätsommertag par excellence vorhergesagt, mit wolkenlosem Himmel und Werten bis zu fünfundzwanzig Grad. Am Waldrand oberhalb des Hauses machte ich halt und rief mir jede Einzelheit ringsum ins Gedächtnis. Ein Anschlag aus dem Hinterhalt, aus dem Schutz der Bäume heraus, war wohl nicht zu befürchten. Dazu lag der Wald dann doch zu weit vom Anwesen entfernt, war die Wiese zu bucklig. Zumal auch das Gras noch ziemlich hoch stand, von der Scheune und den Obstbäumen vorm Haus ganz zu schweigen. Nein, der Mistkerl würde sich schon in meine gute Stube bemühen müssen, um mich auszuknipsen. Oder anders gesagt: Ich konnte angegriffen, aber kaum überrascht werden.

Und dann? Die Haustür wie auch die Stalltür waren aus massivem Fichtenholz und gut zu verriegeln. Über die führte kein Weg rein, jedenfalls kein Schleichweg. Ebensowenig über die Fenster. Die waren im Parterre mit Fensterkreuzen gesichert, im ersten Stock aber schon so klein geraten, daß ein Einstieg kaum zu befürchten war. Andererseits fehlten Fensterläden, ich würde mich also hauptsächlich oben aufhalten müssen. Auch wegen der Balkontür, der einzigen Schwachstelle an meiner Festung. Denn die war nicht nur ein schlimmer Verstoß gegen die ansonsten makellose Fassade des uralten Hauses, sie war auch noch aus Glas und lud geradezu ein, eingetreten zu werden. Aber meine Tante war seinerzeit nicht zu bekehren gewesen. Sie wollte mehr Licht im Flur, basta.

Ich stapfte wieder hangabwärts, nun fast schon überzeugt davon, daß er über die Balkontür kommen würde. Es sei denn, er legte es darauf an, mich im Freien zu erwischen. Aber diesen Gefallen würde ich ihm nicht erweisen. Ich würde eisern im Haus bleiben und warten.

Ich machte also in fast ausgelassener Stimmung das Haus dicht, setzte mich dann mit einer Thermoskanne voll Kaffee und einem Korb mit Obst, Schokolade und Keksen in mein Zimmer im ersten Stock, das Gewehr an den Türstock gelehnt, Pistole und Revolver schußbereit neben mir. Als Waffe gegen die Langeweile diente mir ein Packen Zeitschriften. Es hat bei Marion so wunderbar funktioniert, dachte ich, warum also nicht auch bei mir. Der Trottel würde schon kommen.

Aber bald schon fehlte mir zum Lesen die Konzentration. Ich döste eine Weile vor mich hin, verbot es mir, das Radio einzuschalten und Musik zu hören. Natürlich war mir klar, daß ich mich auch mal draußen zeigen sollte, gerade bei diesem herrlichen Wetter. Ich konnte mich aber nicht dazu überwinden. Zumal es keine zwingenden Gründe gab, etwa, um das Vieh zu versorgen. Die Kälber waren auf der Weide, und da blieben sie auch, die Schafe hatten ebenfalls ihren abgezäunten Bereich, und die Hühner fanden auch so mehr als genug. Warum also irgendwo rumwieseln und leichtfertig Zielscheibe spielen?

Problematisch würde es erst, wenn er diese Nacht *nicht* kommen sollte. Dann müßte ich morgen wohl oder übel nach Bad Reichenhall rüberfahren und mir bis zum Abend ein Hotelzimmer nehmen. Um mich wieder richtig auszuschlafen. Was aber zugleich bedeutete, daß ich zweimal über viele Kilometer auf einer schmalen, abschüssigen und kurvenreichen Straße durch den Wald fahren müßte.

Ein Poltern an der Haustür schreckte mich auf. Gleich darauf hörte ich eine Stimme, männlich, sonor, nicht von hier: »Hallo, ist jemand zu Hause?« Herrgott, die hatte ich ganz vergessen, die üblichen Wanderfreunde und Bergfreaks, die fast täglich hier einfielen. Ich blickte auf meine Uhr. Schon halb fünf vorbei. Ich war tatsächlich eingenickt. Wieder ein langgezogenes Hallo. Mach dich vom Acker, dachte ich, heute ist geschlossen. Auch wenn der Kerl mit größter Wahrscheinlichkeit wirklich nur ein durstiger Urlauber war, wissen konnte man nie. Wäre ja auch kein schlechter Trick, den harmlosen Wandersmann zu markieren!

Es kehrte wieder Ruhe ein, und nach einer Weile ging ich hinunter, zog überall die Vorhänge zu und machte mir frischen Kaffee. Gewehr und Revolver blieben an meiner Seite.

Um neun dann, es war inzwischen stockfinster, plazierte ich oben am Flurende ein Kissen auf dem Boden und setzte mich. Entfernung zur Balkontür: ungefähr sechs Meter fünfzig. Ich trug nun feste Bergschuhe, Jeans, einen dicken Pullover und vor allem eine ärmellose Weste mit tausend Taschen, in denen alles steckte, was im Ernstfall von Nutzen wäre, also der Revolver, Ersatzmunition dafür wie auch für die Pistole, mein Handy, eine Taschenlampe, ein Feuerzeug, ein Taschenmesser und ein Nylonseil. Die Flinte lag auf meinem rechten Knie, die Pistole daneben.

Mir fiel ein Film mit John Wayne ein, in dem eine Farmersfamilie von Indianern attackiert wird, irgendwo in West-Texas nach dem Bürgerkrieg. Und die deswegen aufgerieben wird, weil in ihrem Haus die Zahl der Fenster und Türen größer ist als die der Verteidiger. Ha, dachte ich, da hab ich's besser. Eins zu eins, verdammte Rothaut.

Die Zeit verging, aber nichts tat sich. Alles blieb ruhig und leer. Bis plötzlich von links ein Lichtschein ins Haus fiel. Ein kurzes Aufflackern, das sich nach einer Pause von ein paar Sekunden wiederholte, diesmal mächtiger, bedrohlicher. Ich erhob mich und schaute in gebückter Haltung nach, das Gewehr schußbereit.

Die Scheune stand in Flammen!

Ich war fassungslos. Mit allem hatte ich gerechnet, aber nicht mit so einer Gemeinheit! Trotzdem blieb mir der Schatten vor der Balkontür nicht verborgen. Ich wirbelte herum und feuerte blindlings beide Läufe gleichzeitig ab. Die Tür zerbarst in einem Splitterregen, gleichzeitig drang das Prasseln und Zischen des Feuers mit aller Wucht herein. Ich versteckte mich hinterm Türstock, aber zum Nachladen fehlte mir die Ruhe. Also warf ich die Flinte weg und zog meinen Revolver.

Irgendwie gelang es mir, klaren Kopf zu behalten. Hier

bleiben konnte ich nicht, sonst würde er als nächstes auch das Haus anzünden. Also mußte ich raus, und zwar auf schnellstem Weg! Womit er natürlich rechnen würde. Aber an welcher Tür würde er auf mich lauern, vorne oder hinten?

Ich wählte die Flucht nach vorne. Rannte mit gezücktem Revolver auf den scherbenübersäten Balkon hinaus. Keiner da. Ich stieß ein paar der Blumenkästen über die Brüstung und sprang hinterher. Ich kam wohlbehalten auf, rollte mich blitzschnell zur Hauswand und spähte um die Ecke. Tatsächlich, zehn Meter weiter stand er, seine rechte Seite zu mir gekehrt, wohl mit starrem Blick auf die Stalltür. Nun war ich dem Feuer fast dankbar, hatte es meinen Lärm doch übertönt.

Ich legte an, brachte es aber nicht fertig, einfach abzudrücken. Ich suchte plötzlich nach einem Grund, ihn zu töten. Nach einem aktuellen Grund. Nach dem Messer an der Kehle oder so. Bis er spürte, was sich da hinter seinem Rücken zusammenbraute. Sich herumwarf, noch in der Drehung feuerte. Ich gab ebenfalls einen Schuß ab. Die Kugel riß ein Stück Mauerwerk neben seinem Kopf weg, dann war er schon hinter dem aufgeschichteten Brennholz verschwunden. Ich ging auch in Deckung, und richtig, gleich darauf knallte es wieder und bei mir flogen nun Steinsplitter durch die Gegend. Ich lief zur anderen Seite, wo der Feuerschein der Scheune die Hauswand in rötliches Licht tauchte. Und konnte gerade noch erkennen, wie der Kerl hangwärts vom Nebel verschluckt wurde. Ob verletzt oder nicht, keine Ahnung.

Ich blickte wieder zur Scheune, die nun lichterloh brannte. Keine Chance, das Gebäude zu retten, selbst wenn die Feuerwehr schon zur Stelle gewesen wäre. Zum Glück war die Nacht absolut windstill und die Luft sehr feucht, ein Übergreifen des Brandes auf das Wohnhaus folglich kaum zu befürchten. Trotzdem überlegte ich, ob ich nicht vorsichtshalber mit dem Gartenschlauch das Dach abspritzen sollte. Was natürlich fast einer Einladung für den Killer gleichkam, wieder Mut zu fassen und nochmal sein Glück zu versuchen. Also ließ ich das verdammte Feuer Feuer sein und folgte ihm.

39.

Die meisten Leute kennen einen Wald bei Nacht nur aus dem Fernsehen. Und da ist alles immer schön aufgeräumt und gut ausgeleuchtet. Man kann beliebig umhertollen und findet sich prima zurecht. In Wirklichkeit ist gewöhnlich schon das kleinste Waldstück ein einziger unberechenbarer Verhau, mit tausend Fallstricken und Hindernissen. Haarscharf einer Astspitze entgangen, verkroch ich mich unter eine Fichte und überdachte mein Vorhaben. Eigentlich ein bodenloser Leichtsinn, dem Kerl ohne Not nachzusetzen! Auch wenn ich auf den Punkt genau sagen konnte, wo ich mich befand, eine falsche Bewegung, und ich war dennoch erledigt.

Nicht gerechnet die Möglichkeit, eine Kugel abzukriegen!

Aber war's andererseits nicht so, daß er kaum auf seinem Arsch sitzenbleiben und mir auflauern konnte? Denn schon bald würden Feuerwehr und Polizei eintreffen, Spuren des Schußwechsels entdecken und eine Suchaktion starten. Mit Spürhunden und bei Tageslicht sicher auch mit einem Helikopter. Würden zudem Straßensperren errichtet und andere Fahndungsmaßnahmen in die Wege geleitet werden. Also könnte er nicht allzu lange hier rumhängen und den beleidigten Killer spielen, sondern müßte Land gewinnen. Und entsprechend Lärm dabei machen!

Ich verharrte also mucksmäuschenstill, konzentrierte mich ganz und gar auf den Waldabschnitt vor mir. Und richtig, schon nach vier oder fünf Minuten konnte ich ein Rascheln vernehmen, dann sogar das geradezu explosionsartige Brechen eines Zweiges. Er befand sich oberhalb von mir, vermutlich an der Stelle, wo im letzten Herbst der Sturm am ärgsten gewütet und eine richtige Schneise geschlagen hatte. Doch wohin würde er sich wenden? Würde er wieder kehrtmachen und versuchen, an seinen Wagen ranzukommen? Dann würde er allerdings einen Zusammenstoß mit der Polizei oder einem aufgescheuchten Nachbarn riskieren.

Ich hörte erneut ein Geräusch, diesmal etwas weiter östlich. Also hatte er seine Karre abgehakt und versuchte nun, einen Abstieg ins nächste Tal zu finden. Ich entschied, mich unverbindlich dranzuhängen; sollte es eng werden, konnte ich immer noch türmen und meinen Heimvorteil nutzen. Darauf bedacht, nirgendwo anzuecken, kroch ich von einem Baumstamm zum nächsten, das Gesicht eine Handbreit überm Boden. Alle zehn, zwölf Meter hielt ich inne und horchte. Er war noch immer ein Stück über mir, aber nicht mehr lange, und unsere Wege würden sich kreuzen. Ich überprüfte schon mal vorsorglich meinen Revolver, verzichtete aber darauf, die leere Kammer nachzuladen. Bis plötzlich Stille eintrat. Ich duckte mich hinter einen Felsbrocken und sondierte das Dickicht vor mir. Etwas sagte mir, den Kopf unten zu halten. Das war auch gut so, denn ebenso plötzlich krachte es, und Felssplitter surrten über meinen Schädel hinweg.

Ohne lange zu überlegen, stieß ich mich mit der freien Hand ab und rutschte gut eine Körperlänge abwärts. Hinter einem umgestürzten Baumstamm fand ich erneut Deckung. Aber nicht für lange: Die nächste Kugel bohrte sich direkt vor meinen entsetzten Augen ins morsche

Holz. Und ich begriff endlich, was Sache war: Der Mistkerl verfügte über ein Nachtsichtgerät! Nur so konnte er mich so präzise aufs Korn nehmen. Nun brauchte er nur noch ein klein wenig seine Position zu ändern, und der ganze verdammte Baumstamm war einen Dreck wert. Aus der Traum, den Kerl zu fassen. Jetzt könnte ich von Glück sagen, wenn ich selbst heil davonkam.

Ich riß meinen Revolver hoch und feuerte blindlings zwei Schüsse auf die Stelle ab, wo ich den Kerl vermutete. Dann sprang ich auf, schlug die Hände samt Revolver vors Gesicht und rannte los. Ohne Rücksicht auf Verluste. Es knallte noch dreimal, aber nichts passierte. Zumindest spürte ich nichts davon. Bis meine Füße plötzlich ins Leere vorstießen und ich auf meinem Hintern landete. Ich schlitterte gut zehn Meter eine Erdrinne entlang, dann endlich stoppte mich Wurzelwerk. Ich rappelte mich wieder auf, versuchte blitzschnell, mir eine Fluchtroute zurechtzulegen. Ich mußte schnellstens den Berg runter, da half alles nichts. Keine Spielchen mehr. Rennen oder sterben! Aber ein weiterer Fehltritt, etwa über einen der felsigen Abhänge hinab, und ich brach mir garantiert ein Bein.

Ich klopfte kurz meine Taschen ab, auch da gab es nichts zu beschönigen. Handy und Pistole waren weg, verloren. Ebenso die Ersatzmunition. Also hatte ich exakt noch zwei Patronen zur Verfügung.

Was mir unvermutet zur Hilfe kam, war der Nebel. Plötzlich war die Suppe so dicht und feucht, daß ich kaum noch die Hand vor den Augen erkennen konnte. Daß ich mich fragte: Funktioniert so ein Nachtsichtgerät auch unter Wasser? Ich befreite mich aus dem Gestrüpp und stiefelte weiter abwärts, die Hand mit dem Colt als Schutzschild vorm Gesicht. Nach einer Weile gelang es mir sogar, meinen Verfolger aus meinen Gedanken zu verbannen. Fand fast Gefallen daran, so rumzubalancieren, knapp überm Abgrund. Verschwand der Wald als Gegner, als Feindbild in meinen Betrachtungen. Herrgott, dieser Berg hier war mein Zuhause, ich war kein Fremdkörper wie dieser Killer. Wenn es also jemand verdiente, beschützt und erhalten zu werden, dann ich. Deswegen auch der Nebel, meine Tarnkappe, oder etwa nicht? Wenn schon nicht die Technik, so hatte ich wenigstens die Geister auf meiner Seite!

Im Osten kroch schon die erste Helligkeit hoch, ein mattes Grau, als ich eine der Streuwiesen entlang des Waldrandes erreichte. Etwa hundertfünfzig Meter weiter verlief der Weg, den ich angepeilt hatte. Noch zehn Minuten, und ich wäre beim Anwesen des Hierl Toni, und damit in Sicherheit. Ich hüpfte ungelenk über einen Graben, geriet ins Stolpern und klatschte wieder mal der Länge nach hin, genau wie auf diesem bescheuerten Lkw-Dach. Nur fiel ich diesmal ins nasse Gras, was geradezu Balsam für meinen erhitzten Körper war. Ich blieb minutenlang liegen, erleichtert und enttäuscht zugleich.

Schön, ich war davongekommen, aber eigentlich hätte mehr drin sein müssen. Aber was war geschehen: Der Kerl hatte mich wieder einmal ausgetrickst. Ein kleines Feuer, und schon war ich aus dem Konzept gebracht! Nicht zu vergessen dieses verfluchte Nachtsichtgerät. Auch das hätte ich mir denken können! Nicht nur ich hatte mich vorbereitet, auch er hatte entsprechend aufgerüstet.

Ich schleppte mich weiter zu einem der Schuppen, die hier unten verstreut über die Wiesen standen und längst keinen Zweck mehr erfüllten. Dort lehnte ich mich an die Vorderwand und sah zu, wie der Himmel an Farbe gewann. Was für ein herrlicher Morgen! Dennoch wurde ich von Minute zu Minute unzufriedener mit mir. Schön und gut, ich hatte meine Haut gerettet, aber irgendwie war dies nicht die Lösung. Nicht die ganze Lösung! Ich blickte zum Weg hinüber. Aber statt weiterzugehen, verzog ich mich schnellstens in den Schuppen. Der nämlich zugleich ein idealer Beobachtungsposten war, wie mir eben klar geworden war, sozusagen ein Rundumausguck. Wer immer in diesem Talabschnitt vom Berg runterkommen würde, der würde hier nicht ungesehen vorbeikommen.

Ich schob die Schubkarre, die freundlicherweise jemand zurückgelassen hatte, in die Ecke und setzte mich drauf. Und wartete, den Revolver im Schoß.

40.

Mein Instinkt wie auch meine Geduld wurden belohnt: Kurz nach halb sieben kam er vom Talende her den Weg entlang marschiert. Und ich hatte erstmals das Vergnügen, meinen Verfolger unmaskiert und in relativ ungezwungener Haltung zu erleben. Ich war erstaunt, wie nett und jungenhaft er bei Tageslicht aussah. Bis über beide Ohren verdreckt und verklebt natürlich, aber zweifellos ein bildhübscher Kerl. Vielleicht sechsundzwanzig. Wie erwartet, hatte er eine Nachtsichtbrille um den Hals hängen.

Das konnte niemals ein Mietkiller sein, die sahen für mich anders aus, fies und grobschlächtig. Das hier war ein Traummann, verdammt nochmal, ein Schönling wie aus dem Bilderbuch.

Etwa doch Marions Liebhaber?

Sein Blick streifte mein Versteck, bemerkte mich aber nicht. Er strebte weiter, zurück zur Zivilisation, wo er in der Menge untertauchen könnte, als leicht ramponierter Wandersmann. Ich kochte inzwischen vor Zorn. Dieses blondgelockte Bürschchen, diese halbe Portion hatte mir also solch einen Schrecken eingejagt, und das auch noch auf meinem eigenen Grund und Boden! Na warte, dachte ich, das werde ich dir jetzt heimzahlen, du Brandstifter.

Ich wartete, bis er vorbei war, dann lief ich raus und watschelte ihm durch das kniehohe Gras hinterher. Fest entschlossen, kein Pardon zu geben. Er oder ich. Ich glaubte, er würde mich sofort hören, aber das Knirschen seiner Schritte übertönte mich.

Etwa sechs Meter hinter ihm machte ich halt und rief: »Stehenbleiben und Hände hoch. Und keine falsche Bewegung.«

Er hob weder die Hände noch drehte er sich um. Nur der Ausstoß seiner Atemwolken beschleunigte sich und zeigte an, daß er mich durchaus verstanden hatte. Ich wünschte mir, er würde nach seiner Waffe greifen. Ich wollte ihn zu gerne abschießen. Zugleich fiel mir ein, er könnte ja auch eine kugelsichere Schutzweste tragen. So ein Mist!

»Wer sind Sie, was soll das?« erwiderte er schließlich mit brüchiger Stimme. »Ist das vielleicht ein Überfall?«

»Hinlegen«, hörte ich mich plötzlich plärren. »Hinlegen, du Schwein, oder ich blas dir deinen gottverdammten Schädel bis zum Watzmann rüber. Hinlegen und Hände in den Nacken.«

Das wirkte endlich. Als er sicher am Boden war, Hände brav im Nacken verschränkt, kniete ich mich auf seinen Rücken und durchsuchte die Taschen seines Anoraks. Ich entdeckte neben seiner Brieftasche, einer Packung Marlboros, einem Feuerzeug und Papiertaschentüchern eine Pistole Marke Beretta, zwei Ersatzmagazine, ein Springmesser und einen Kompaß. Ich steckte Pistole, Messer und Brieftasche ein, flüsterte ihm dann ins Ohr: »Wir beide gehen jetzt zu dem Schuppen da drüben und reden ein bißchen. Aber ich warne dich! Wenn du versuchst wegzulaufen, erschieße ich dich. Ob von hinten, oben oder unten, ist mir egal. Hast du das verstanden?«

»Alles klar. Aber Sie machen einen Fehler . . .«
»Ach ja, wie das denn?«
»Ich bin nicht allein, ich hab einen Partner. Wenn Sie Pech haben, zielt er gerade auf Ihren Kopf. Also hauen Sie besser ab, solange Sie noch können.«
Ich gab ihm einen Klaps auf die Schulter. »Wenn du wirklich einen Partner hättest, du blödes Rindvieh, würdest du vor allem nicht darüber reden. Aber ich muß zugeben, du hast dazugelernt. Und jetzt hopp, auf . . .«
Zurück im Schuppen, befahl ich ihm, sich auszuziehen. Erst wollte er protestieren, aber dann fügte er sich. Ich stand da wie ein Cowgirl, in jeder Hand eine Waffe, und sah zu, wie er Schuhe, Anorak, Pullover, T-Shirt und Jeans brav zu einem Haufen schichtete. Er hatte einen schönen, nicht übermäßig muskulösen Körper. Bei der Unterhose machte er allerdings halt.
»Die auch«, sagte ich. »Und auch die Socken und die Uhr.«
Bis er splitternackt in der Ecke stand, abwechselnd von einem Fuß auf den anderen trat und mit beiden Händen seine Geschlechtsteile bedeckt hielt. Ein wahrlich berauschender Anblick, nach all den Strapazen.
»Was soll der Scheiß?« nuschelte er. »Wollen Sie mich vergewaltigen oder so?«
»Keine schlechte Idee!« Mein Blick fiel auf den Stiel einer verrosteten Schaufel, die an der Rückwand lehnte. »Wie wär's, wenn ich dir das Ding da in den Hintern rammen würde? Um rauszufinden, wie groß der Arschlochanteil an deiner Persönlichkeit ist?«
»Sie sind ja verrückt! Komplett wahnsinnig.«
Ich zielte auf sein Brustbein. Ich sagte ganz ruhig: »Ich weiß nicht, wer du bist, aber ich weiß, wer dich schickt und ich weiß auch, warum. Und ich weiß vor allem, daß ich verdammt gute Lust habe, dich hier fertig zumachen. Also, wenn du Wert auf eine ordentliche Gerichtsver-

handlung legen solltest, dann würde ich an deiner Stelle jetzt auspacken ... Ist das klar soweit?«

Er nickte nur. Er klapperte schon mit den Zähnen.

Ich legte seine Pistole weg, zog seine Brieftasche raus und inspizierte kurz den Inhalt. Führerschein und Ausweis lauteten auf Edwin Alberti, geboren am 26. November siebzig in Dachau. Ich sagte: »Also, lieber Edwin, Frage Nummer eins: Wie ist das nun mit dir und den beiden? Bist du nur der Mann fürs Grobe oder steigst du auch ins Bett mit ihnen?«

»Ihnen?« wiederholte er. »Wieso ihnen?«

»Also nur Marion?«

Er nickte.

»Und weiter ... ?«

»Es war alles Marions Idee«, sagte er. »Sie hat mich mehr oder weniger erpreßt.«

»Das dachte ich mir fast ... Und Ulrich, wo steckt der?«

»Ulrich? Woher soll ich das wissen? Der soll doch tot sein.«

»Das eben glaube ich nicht ...«

»Ist aber so. Sagt Marion.«

»Okay, nächster Punkt: Was war deine Rolle bei dieser Entführung? Warum wußte Ramona nichts von dir?«

Edwin schüttelte den Kopf, ging dann in die Hocke und bohrte mit dem Zeigefinger im Dreck herum. Ich dachte schon, er wollte auf stur machen, da sagte er, ohne mich dabei anzusehen: »Soweit ich das hier übersehe, ist alles, was Sie hier aus mir rausquetschen, vor Gericht einen Scheiß wert. Die machen höchstens *Sie* fertig, nicht mich. Wegen Freiheitsberaubung, Körperverletzung und was sonst noch. Warum also die ganze blöde Fragerei?«

»Sagen wir, es interessiert mich als Privatperson ...«

Er blickte wieder hoch. »Schön, dann verrate ich Ihnen mal so ganz privat, daß Sie schon diese Schaufel da hinten bräuchten, um den guten, alten Ulrich wieder sichtbar zu machen.«

»Er ist also tatsächlich tot?«

»Tot und vergraben . . .«

Mir dämmerte langsam, was hier abgelaufen war. Ulrich war auch zum Opfer geworden. Zum Opfer von Marion und diesem Kerl da. Ich war die ganze Zeit hinter einem Phantom her gewesen! »Aber nicht von Morawski?« vergewisserte ich mich.

»Morawski war ein Idiot . . .«

»Genauer, wenn ich bitten darf.«

»Den haben sie doch nur gebraucht, damit er die Familie von dem Jungen abhört . . .«

»Soviel weiß ich inzwischen auch. Und für was haben sie dich gebraucht?«

»Mich? Überhaupt nicht. Die Entführung haben die drei ganz alleine durchgezogen. Ich bin erst dazugestoßen, als es darum ging, diese Ramona auszuschalten.«

»Nicht zu vergessen mich.«

»Na ja . . .«

»Es war also rein Marions Idee, ihre Komplizen loszuwerden?«

»Logisch . . .«

»Auch das ganze verdammte Komplott, also mich zu engagieren, um Morawski sozusagen legal vor die Pistole zu kriegen?«

»War alles ihr Plan, genau.«

»Willst du mich verarschen?« Ich warf ihm seine Brieftasche an den Kopf. »Wegen sowas macht man doch nicht so ein Theater! Wenn man seine Komplizen loswerden will, und sei's der eigene Ehemann, bringt man sie einfach um die Ecke und fertig. Schließlich verschwinden jeden Tag Leute spurlos.«

»Das war ja die Krux. Genau das ging eben nicht.«

»Und wieso nicht?«

»Wegen seiner blöden Tochter . . .«

»Anna-Maria?«

Er nickte. »Die hätte sich nie damit abgefunden, daß ihr Vater über Nacht verschwindet und sich nie mehr meldet. Die hätte Marion die Hölle heiß gemacht.«

»Also habt ihr einen Sündenbock gebraucht?«

»Wie sagt man so schön: zwei Fliegen mit einer Klappe.«

»Hast du auch Ulrich umgebracht?«

»Das war Marion. Ich weiß nicht mal, wo sie ihn vergraben hat. Echt clever, die Alte . . . Gott, was haben wir gelacht, als dieser Staatsanwalt angerückt kam und Marion gebeten hat, sich doch mit dem Gedanken vertraut zu machen, daß dieser Morawski Ulrich getötet hat.«

»Bis dann plötzlich Ramona auf den Plan getreten ist! Was für ein Pech . . .«

»Wieso Pech? Soviel mir bekannt ist, hat sie statt der verlangten sechs Millionen sechs neue Arschlöcher kassiert.«

Ich war zu erschöpft, um mich aufzuregen. Und warum auch? Der Kerl würde für alles bezahlen, so oder so. Auch für seine Frechheiten. Und er würde sich noch wünschen, er könnte mit Geld dafür bezahlen, mit all seinen verdammten Millionen. Ich fragte: »Wie bist du eigentlich ins Haus gekommen?«

»Wir haben uns heimlich Morawskis Schlüssel besorgt und nachgefertigt, für alle Fälle. Darunter war netterweise auch einer für die Bude seiner Schwester . . . Ich hab trotzdem gedacht, sie reißt mich in Stücke, so wie die auf mich los ist. Eigentlich war's Notwehr, so gesehen.«

Ich hob den Revolver an. »Wenn ich dich jetzt gleich erschieße, ist das auch Notwehr, du verdammte Dreckschleuder.«

»Hey, Sie wollten mein Geständnis, schön, das haben Sie gekriegt. Jetzt wissen Sie, wie der ganze Scheiß gelaufen ist. Aber rechnen Sie nicht damit, daß ich mich vor Gericht wiederhole.«

»Glaubst du, das würde jemanden beeindrucken? Ihr beide seid fällig, ob mit oder ohne Geständnis.«

41.

Ein wölfisches Grinsen schlich in sein Gesicht. »Darf ich rauchen?« fragte er.

»Später«, erwiderte ich. »Was ist plötzlich so komisch?«

»Sie sind komisch. Sie und Ihr Glaube an die Gerechtigkeit.«

»Glaubst du im Ernst, ihr beide hättet eine Chance?«

»Abwarten. Daß Sie mich in dieser Nacht doch erkannt haben, wird Ihnen schon mal keiner mehr abnehmen . . .«

»Und der Anschlag letzte Nacht?«

»Da hab ich nur den Auftrag eines Unbekannten ausgeführt, was sonst? Und was heißt schon Anschlag? War doch nur eine kleine Brandstiftung. Nur, um Sie zu erschrecken. Angefangen zu schießen haben doch Sie, oder? Und mich dann verfolgt, gekidnappt und gefoltert! . . . Ich sag Ihnen was, ein guter Anwalt macht Sie fertig, der macht Sie total zur Sau.«

»Sonst noch was?«

»Klar doch: Marion wird alles auf Ulrich und Morawski schieben, und auf diese Ramona natürlich . . . Wie wollen Sie da das Gegenteil beweisen, ohne Zeugen und ohne das Geld? . . . Nicht zu vergessen Sie selbst! Sie sind Marions große Entlastungszeugin, haben Sie das noch immer nicht gecheckt?«

Ich war sprachlos. Der Kerl war dabei, sich um Kopf

und Kragen zu reden. So dumm konnte doch kein Mensch sein. Ich räusperte mich, sagte dann: »Okay, wenn das so ist, dann wär's wohl besser, du bleibst als Leiche hier. Mit allen Rechten, versteht sich, die man als Leiche so hat.«

Edwin ruderte wild mit den Armen. »Hey, warten Sie, machen Sie jetzt bloß keinen Blödsinn. Ich will doch nur einen Deal mit Ihnen.«

»Einen Deal?«

»Klar doch. Ich meine, ich kann Ihnen zwar nicht meine Aussage anbieten, aber vielleicht meine Mitarbeit.«

»Wie bitte?« Der Kerl steckte voller Überraschungen.

»Sehen Sie, ich glaube, ich hab Sie durchschaut. Ich meine, das ganze Theater, das Sie da mit Marion abgezogen haben, von wegen Nachdenken und so. Ihnen geht's doch gar nicht um meine Person, stimmt's? Das hätten Sie doch viel leichter haben können. Dazu hätten Sie sich doch nur vor den Polizeicomputer setzen müssen und sich ein paar Bilder anschauen, und schon hätte ich den Arsch im Freien gehabt ...«

Ich grinste. »Was im Augenblick allerdings auch der Fall ist!«

»Klar, aber entscheidend ist doch, daß auch Sie Ihren Arsch riskiert haben. Geben Sie es doch zu. Sie waren stocksauer, daß Marion Sie so reingelegt hat ... Sie wollten in erster Linie Marion drankriegen, nicht mich.«

»Ach, und daß du zweimal versucht hast, mich umzubringen, das zählt wohl gar nicht?«

»Hey, das war alles Marions Idee. Ich hab mich nicht darum gerissen, das können Sie mir glauben.«

»Natürlich.«

»Außerdem haben Sie mich zweimal ausgetrickst, reicht Ihnen das nicht als Bestätigung? ... Sehen Sie mich doch an! Ich bin völlig in Ihrer Hand.«

»Wegen was bist du denn eigentlich vorbestraft?«

»Ne Drogengeschichte . . .«

»Du glaubst also wirklich, man könnte euch freisprechen?«

Edwin nickte heftig. »Ich würde sagen, die Chancen stehen mindestens fifty-fifty. Von dem Ärger, den Sie sich selbst einhandeln würden, ganz zu schweigen . . . Es sei denn, die Kohle, also das Lösegeld, liegt auf dem Tisch. Dann wären wir fertig, erledigt.«

Ich hob meinen Revolver an. »Okay, dann mal raus mit der Sprache . . .«

»Da müssen Sie schon Marion fragen. Ich hab keine Ahnung, wo das Geld ist.«

»Sag bloß, du bist zweimal losgezogen, um jemanden umzubringen, und hast nichts von dem Geld abbekommen?«

»Alles zu seiner Zeit, hat sie gesagt. Ich weiß nur, daß die Kohle noch immer irgendwo auf dem Land vergraben ist. Da, wo sie der Ulrich versteckt hat.«

»Heißt das, du willst mir vorschlagen, gemeinsam mit dir die Frau auszunehmen?«

»Warum nicht?«

»Das soll wohl ein Witz sein?«

»Absolut nicht. Ich helfe Ihnen, an die Kohle zu kommen, und dafür lassen Sie mich laufen. Mit meinem Anteil, versteht sich.«

»Das ist doch lächerlich.«

»Wie Sie wollen, aber Sie haben die Wahl: ein endloser, beschissener Prozess, wobei am Ende vielleicht sogar ein Freispruch für uns steht, oder ein klarer Schnitt. Sie kriegen Marion, kassieren Ruhm, Ehre und den ganzen Scheiß, und ich krieg meinen Anteil und die lausige Chance abzuhauen . . . Herrgott, ich werde mein Leben lang auf der Flucht sein, ist das nicht Strafe genug?«

Auch wenn ich mich dagegen sträubte, dieser Schmalspurkiller hatte natürlich recht: Ich würde einen verdammt schweren Stand vor Gericht haben, angesichts all dieser Ungereimtheiten. Warum also keinen zweiten Anlauf riskieren? Zumal Marion diesmal wirklich klein beigeben müßte, nun, nachdem ihr Lover als Mordinstrument ausgefallen war.

Aber wohin solange mit Edwin? Ich tastete nach dem Nylonseil in meiner Jackentasche.

42.

Eine halbe Stunde später stand ich beim Hierl Toni in der Küche, trank den besten Kaffee meines Lebens und telefonierte mit der Polizeiinspektion in Berchtesgaden. Der Beamte dort fragte nicht lange, sondern stellte gleich eine Verbindung zu seinen Kollegen vor Ort her. Und wer kam an den Apparat? Staatsanwalt Bachmaier. Auf diesen Mann konnte ich wirklich zählen.

»Gott sei Dank, wir haben schon mit dem Schlimmsten gerechnet, so, wie es hier aussieht«, sagte er. »Wo sind Sie, was ist passiert?«

»Ich bin von Ihnen aus gesehen im nächsten Talkessel östlich, bei einem gewissen Hierl Toni. Der Kerl hat mich nämlich noch ganz schön rumgescheucht, nachdem er mich am Haus oben nicht erwischen konnte.«

»Sind Sie verletzt?«

»Nichts Schlimmes, nur ein paar Kratzer.«

»War's der gleiche wie in München?«

»Ich denke schon. Man müßte ihn nur mal überreden, auch ohne Maske aufzutreten.«

»Na, wenigstens haben Sie Ihren Humor nicht verloren... Und wo könnte unser Freund jetzt stecken? Noch irgendwo hier oben?«

»Das glaube ich weniger. Unterwegs hierher, also zum

Toni, hat mich nämlich ein dunkelblauer BMW überholt. Ich hab mich natürlich vorsichtshalber schnell hinter ein paar Büschen versteckt und konnte so nicht viel erkennen, vor allem nicht das Kennzeichen. Aber es waren mindestens zwei Personen im Wagen. Und der Toni meint auch, daß er niemanden wüßte, der um diese Tageszeit mit einem BMW hier rumgurken würde. Vermutlich war der Mistkerl diesmal einfach besser organisiert.«

»Und wann war das?«

»Vor etwa zwanzig Minuten . . .«

»Warten Sie einen Augenblick, ich gebe das nur schnell weiter.«

»Natürlich . . .« Ich grinste in mich hinein. Endlich eine Gelegenheit, diese blöden BMW-Fahrer in die Pfanne zu hauen. Gott, was hatten mich diese Arschlöcher auf der Autobahn schon genervt! Und kein Mensch oder Polizist würde nun auf die Idee kommen, weiter die Gegend abzusuchen und so vielleicht den Schuppen unter die Lupe zu nehmen. Wo ich meine Beute gefesselt und geknebelt zurückgelassen hatte! Armer Edwin. Es war ihm gar nicht recht gewesen, so verpackt und ruhiggestellt zu werden. Wo wir jetzt doch Partner wären, wie er gemeint hatte. Und uns vertrauen müßten.

»Hier bin ich wieder«, sagte Bachmaier, nun schon etwas gelassener.

Ich holte tief Luft, denn nun kam die Kernfrage. Zwar hatte mir Tante Agnes den Hof mitsamt all den Grundstücken schon vor Jahren überschrieben, und ich bezahlte seitdem auch alle Gebühren und Reparaturkosten, aber ich hatte mich deswegen nie als Eigentümer, als Herr im Haus betrachtet, nicht mal ansatzweise. Diese Art von territorialem Denken ging mir völlig ab. Mir hatten immer ein Koffer und ein Hotelzimmer gereicht.

Ich sagte: »Ich hoffe nur, das Wohnhaus ist heil geblieben?«

»Keine Angst, das steht noch in seiner ganzen Pracht da ... Dann lasse ich Sie jetzt abholen, einverstanden?«

Mir fiel ein Stein vom Herzen. Um die Scheune tat's mir nicht sonderlich leid. Die war ein Neubau gewesen, vergleichsweise. Hinter Bachmaier entstand plötzlich ein Getöse, wie von einer schweren Maschine. Waren die schon dabei, den Brandschutt wegzuräumen? Ich überlegte kurz. Für mich zählte im Augenblick jede Minute. Und bis Bachmaier einen Wagen hierher geschickt hätte, würde wertvolle Zeit vergehen. Ich blickte zu Toni. »Kannst du mir deinen Wagen leihen?«

»Ich kann dich auch fahren, ist vielleicht vernünftiger«, erwiderte er.

Ich strahlte ihn an. Bachmaier unterbrach meinen kleinen Flirt. »Also, der Hubschrauber ist schon in der Luft«, sagte er. »Der Pilot weiß Bescheid.«

Und so kam ich zum ersten Helikopterflug meines Lebens, konnte ich den Ort meines nächtlichen Schreckens von oben betrachten. Sogar meine Geisterwiese rückte ins Bild. Im Licht der Morgensonne sah alles richtig putzig aus, unwirklich, die ganzen Autos und Uniformträger wie Spielzeug. Bis auf die schwelenden Überreste der Scheune natürlich. Deren stechender Geruch mir auch sofort die Nase hochstieg. Der Helikopter hob gleich wieder ab, sicher, um sich an der Fahndung nach dem BMW zu beteiligen.

Bachmaier hätte mich wohl am liebsten in die Arme geschlossen, so froh wirkte er.

»Die Kollegen vom Grenzschutz haben inzwischen auch den Wagen gefunden, mit dem er hier raufgekommen ist«, sagte er. »Einen Opel Astra. Wurde gestern abend in München in einer Tiefgarage gestohlen.«

»Ich sag doch, der Kerl lernt hinzu ... Wie haben Sie eigentlich so schnell erfahren, um was es geht?«

Bachmaier deutete auf meinen Jeep. »Man hat natürlich auch das Kennzeichen von Ihrem Wagen da überprüft, und der Kollege in München hat sich glücklicherweise an Ihren Namen erinnert und mich verständigt ... Ich glaube, ich hab heute morgen einen neuen Geschwindigkeitsrekord aufgestellt, aber verraten Sie mich bitte nicht.«

»Weiß meine Tante schon Bescheid?«

»Nein, das konnte ich gerade noch hinbiegen. Ich hab mich nur vergewissert, daß die alte Dame auch wirklich Ihre Tante ist und sich sozusagen legal in Ihrer Wohnung aufhält.«

»Ich muß zu ihr, so schnell wie möglich.«

Bachmaier nickte. »Natürlich ...«

»Ich möchte nicht, daß sie von jemand anders erfährt, was hier passiert ist. Ihr Lebensgefährte ist nämlich todkrank, und wenn sie das hier hört, kriegt sie vielleicht einen Herzanfall ... Sie ist nämlich auch schwer herzkrank«, schwindelte ich.

»Wir können gleich losfahren, wenn Sie wollen.«

Das hatte ich befürchtet. Ich schüttelte den Kopf. »Danke, aber ich brauche in München meinen Wagen. Und ich glaube, ich möchte jetzt ein paar Stunden alleine sein, wieder zu mir kommen, verstehen Sie? Den ganzen Scheiß verarbeiten.«

»Aber in Ihrem Zustand«, protestierte Bachmaier.

»Wieso denn, mir geht's prima, ehrlich. Ich meine, ich hab doch bis drei Uhr morgens geschlafen, bestens sogar ... Und daß ich so gut davongekommen bin, ist die beste Medizin, glauben Sie mir. Ich brauche jetzt nur ein bißchen Ruhe. Und Autofahren entspannt mich da am besten ...«

»Na schön, wenn Sie unbedingt wollen. Aber dann möchte ich Sie nachmittags gern in meinem Büro sehen. Sagen wir um drei?«

»Gut ... Und könnten Sie bitte dafür sorgen, daß hier

sowas wie eine Wache aufgestellt wird? Die Nachbarn sind okay, aber die Touristen und Neugierigen ...«

»Natürlich, keine Frage.«

Ich ließ Bachmaier stehen und eilte ins Haus. Ich duschte rasch, zog mich um, verdrückte zwischendurch ein Glas Milch und ein paar Schokoriegel. Trotz meiner bedrängten Lage war ich richtig aufgedreht. Edwins Plan gefiel mir immer besser. Klar tat's weh, ihn laufenlassen zu müssen, aber ich fand, dies war ein erträglicher Preis für Marions herrlich dummes Gesicht, wenn die Handschellen klickten. Die Frage war nur, ob Marion auch so ruckzuck reagieren könnte, denn allzulange war mit Edwins Kooperation nicht zu rechnen. Es sei denn, ich fand ein längerfristiges Versteck für ihn.

43.

Kurz nach zehn war ich dann endlich wieder am Schuppen. Edwin war auch noch brav am Leben, wenngleich am Rande des körperlichen Zusammenbruchs. Er zitterte am ganzen Leib, hatte einen knallroten Kopf und transpirierte, als befände er sich in der Sauna und nicht in einem zugigen, arschkalten Bretterverschlag. Ich befreite ihn von seinem Knebel und gab ihm Mineralwasser zu trinken. Als nächstes nahm ich ihm die Beinfesseln ab und zog ihm seine Jeans an. Die Unterhose war nicht mehr verwendbar, die hatte er nämlich zum Teil zwischen den Zähnen gehabt. Socken und Schuhe folgten, bis er vom Gürtel abwärts wieder vorzeigbar war.

»Und die Hände?« fragte er.

»Die brauchst du nicht«, erwiderte ich.

»Was hätten Sie eigentlich gemacht, wenn ich tot gewesen wäre?«

Ich zeigte auf die Schaufel. »Ich hätte dich hier drin begraben, schätze ich. Erst mal provisorisch, und dann richtig, bei einem hübschen Picknick nächste Woche oder so ... Und jetzt, hopp, rein in den Wagen, bevor uns noch jemand sieht.«

Er sah, was ich ihm zugedacht hatte und blieb vor der geöffneten Hecktür stehen. »Das ist unmenschlich«, maulte er. »Warum kann ich nicht ganz normal mitfahren?«

»Weil du kein normaler Mensch bist! Schon vergessen: Du bist der Liebhaber einer Frau, die drei Menschen umgebracht hat. Von deinen eigenen Schandtaten ganz zu schweigen. Sowas möchte ich nicht auf dem Beifahrersitz haben.«

»Was kann ich denn schon machen, mit gefesselten Händen?«

»Mir in den Hals beißen, zum Beispiel. So, und jetzt Schluß mit der Diskussion.«

Ich hatte die Rücksitze umgelegt und so eine halbwegs ausreichende Ladefläche geschaffen. Auf der durfte Edwin nun Platz nehmen, in Seitenlage, Beine angezogen, Rücken gekrümmt, Kopf zwischen den Schultern. Er lag da wie ein Stück erlegtes Wild. Und irgendwie war er das auch, zur Strecke gebracht. Was mich durchaus mit Stolz erfüllte! Ich warf noch eine Decke und seine übrigen Klamotten drüber und fertig. Dann setzte ich mich ans Steuer und machte mich auf den Weg zu unserem Rendezvous mit Marion. Aber bis München war es noch weit, hundertsiebzig Kilometer, und ich wollte in keine Polizeikontrolle geraten. Also fuhr ich nicht schon in Piding auf die Autobahn, sondern erst zwanzig Kilometer weiter in Neukirchen am Teisenberg. Von dort ging es dann ebenso reibungslos weiter, und um halb zwei waren wir am Ziel.

Um Ramonas Haus hatte sich in der Zwischenzeit erwartungsgemäß niemand gekümmert. Folglich war auch die Hintertür nicht repariert worden. Somit war es kein Problem, Edwin ohne Aufsehen zu erregen ins Haus zu schaffen. Natürlich erst, nachdem ich mich davon überzeugt hatte, daß sich dort niemand häuslich niedergelassen hatte. Oder gar ein Polizist auf die Rückkehr des Mörders zum Tatort lauerte. Was ja witzigerweise nun tatsächlich der Fall war. Edwin war ein wenig steif von der langen Fahrt und nörgelte nach mehr Bewegungsfreiheit.

»Wenn du erst mal auf der Flucht bist, hast du noch genug Gelegenheit, dich auszutoben«, sagte ich. »Also halt endlich die Klappe und setz dich hin. Oder ich sperr dich gleich oben in den Käfig.«

»Ihr hättet ein gutes Team abgegeben, du und die Schnalle, die ich kaltgemacht habe.«

Dafür hatte er sich eine Ohrfeige verdient. »Wir *waren* ein gutes Team, du Mistkerl. Sonst wärst du nämlich nicht hier ... Und wenn du jetzt nicht dein Schandmaul hältst, binde ich dir die Eier ab, bis sie schwarz werden. Dann kannst du deine drei Millionen rein fürs Fressen und Saufen ausgeben.«

Ich hielt Edwin mein Handy ans Ohr. »Also, bist du fertig für die Show?«

»Von mir aus kann's losgehen ...«

Ich setzte mich neben Edwin auf die Armlehne und wählte Marions Nummer. Hoffte inbrünstig, sie würde nach Edwins Desaster nicht einfach auf und davon sein. Immerhin hatte auch sie einiges hinter sich, und selbst das böseste Böse erschöpft sich mal.

Doch nein, sie war sofort am Apparat. »Ja ... ?«

»Ich bin's«, sagte Edwin nur.

»Wo bist du?«

»Hier in München ...«

»Bist du okay?«

»Ich hab grausame Halsschmerzen, aber sonst . . .«

»Ich hab gehört, du bist in einem schwarzen oder dunkelblauen BMW davon?«

»Hab ich auch gehört!« Er lachte nervös. »Glück für mich, da war einer zur richtigen Zeit am richtigen Ort. Ich hab jedenfalls den Bus genommen, und dann die verdammte Bahn. Schon mal mit dem Zug von Berchtesgaden nach Freilassing gefahren? Das Scheißding hält öfter, als du mir im letzten Jahr einen geblasen hast.«

»Warum hast du nicht schon früher angerufen?«

»Ich hab nachgedacht . . .«

»So?«

»Ich glaube, es ist besser, wir trennen uns. Du gibst mir meine Hälfte und ich verschwinde.«

»Deine Hälfte? Ich hab mich wohl verhört?«

»Die sind jetzt hinter mir her, ist dir das nicht klar? Hinter mir allein, verstehst du? Aber wenn sie mich erwischen, wandern wir beide in den Knast, da kannst du Gift drauf nehmen. Wobei ich sogar eine Chance habe, irgendwann wieder rauszukommen, als einfacher Nuttenmörder sozusagen. Aber dich behalten sie garantiert bis in alle Ewigkeit. Besondere Schwere der Tat, oder wie sich das nennt.«

»Und was sollte mich unter diesen Umständen daran hindern, dich jetzt einfach sitzenzulassen?«

»Weil ich jetzt deine einzige Chance bin! Wenn du nämlich abhaust, mache ich mit den Bullen einen Deal, kapiert? Dann kann ich die Sache mit dieser Ramona bestimmt auf Totschlag runterhandeln. Und die kleine Brandstiftung von gestern nacht läßt sich garantiert auch regeln, der Tussi ist ja nichts passiert. Das heißt, ich kassier vielleicht vier oder fünf Jahre und bin nach dreien wieder draußen. Aber dir würden die ganzen verdammten zwanzig Millionen nichts nützen. Die würden dich jagen wie einen tollwütigen Hund. Wobei die Bullen noch das kleinste Problem wären. Aber jeder Scheißganove auf dieser Welt würde nach dir Ausschau halten. Nicht zu vergessen die Privatdetektive, die der Vater von dem Jungen auf dich hetzen würde. Und solche Typen kriegen eigentlich jeden. Nein, meine Liebste, entweder halbe-halbe oder ich fahre jetzt sofort weiter ins Präsidium und stelle mich freiwillig.«

Kurze Pause. Dann: »Du bist ein mieser, kleiner Erpresser . . .«

»Das sagst ausgerechnet du?«

»Mich wundert nur, daß du es nicht mit Gewalt versuchst?«

Gute Frage! Edwin blickte mich hilfesuchend an. Ich legte mit dem Zeigefinger auf ihn an und hauchte »peng«.

»Damit es mir so geht wie deinem Alten oder Morawski?« sagte er ins Telefon. »Ich kenn dich doch inzwischen.«

»Okay, wo sehen wir uns?« Nun klang sie wieder cool und beherrscht. Diese Frau war wirklich klasse!

»Das überlege ich mir noch. Schaff erst mal die Kohle ran. Und versuch nicht, mich zu linken, klar?«

»Das geht aber nicht so schnell. Vielleicht werde ich noch überwacht?«

»Dann laß dir was einfallen, ist doch deine Spezialität. Aber mach schnell, verdammt nochmal, mir brennt der Boden unter den Füßen.«

»Du meinst, heute noch?«

»Na logisch. Wann hast du denn gedacht, nächste Woche?«

»Können wir uns nicht doch sehen und nochmal über alles reden? Ich verstehe ja, daß du sauer bist, aber was glaubst du, für wen ich das alles gemacht habe? Doch nur für uns beide. Für unser Leben in Südamerika, für unsere Zukunft.«

»Danke, aber ich gestalte meine Zukunft lieber allein.

In deiner Nähe lebt es sich einfach zu gefährlich ... Also, ich ruf dich abends wieder an.«

Ich schaltete den Apparat ab.

»Ich glaube, die haben wir weichgeklopft«, sagte Edwin grinsend. »Dafür nehmen Sie mir jetzt aber die Fesseln ab, ja? Ich spüre meine Finger schon nicht mehr.«

»Ich werde dich füttern, schneuzen und dir notfalls sogar den Hintern abwischen, aber deine Hände bleiben da, wo sie sind, verstanden?«

Ich gab ihm erneut Wasser zu trinken, schob ihm dann stückchenweise eine halbe Tafel Schokolade in den Mund.

»Sie sind echt ne Sadistin, das wissen Sie hoffentlich?« murmelte er zwischendurch.

Ich nickte. »Schon möglich. Ich hab mir jedenfalls vorgenommen, für niemanden den Kopf hinzuhalten. Den Arsch vielleicht, aber nicht den Kopf. Dabei fällt mir ein, daß dein ganzer Auftritt eigentlich völlig unnötig war.«

»Was ... ?«

»Ich hab dich nicht erkannt! Ich hab dich auf diesem Containerhof nur von hinten gesehen ... Du warst niemals in Gefahr aufzufliegen, du Blödmann. Jedenfalls nicht durch mich.«

»Ist das wahr?«

»Ja ... Du hast dich liebenswerterweise selbst ans Messer geliefert.«

»Scheiße.« Er wirkte plötzlich um Jahre gealtert.

Ich half ihm hoch und dirigierte ihn die Treppe hinauf in die Dachkammer, die Ramona netterweise in ein schalldichtes und vermutlich auch ausbruchsicheres Kleinstgefängnis umfunktioniert hatte. Es gab kein Licht, nur kahle Wände, Ketten und einen Käfig.

Edwin stöhnte auf. »Nicht schon wieder. Und was ist, wenn Ihnen unterwegs was passiert?«

»Dann wirst du hier drin wohl versauern. Aber vielleicht kommt ja Ramonas Geist vorbei und steht dir bei in deiner schwersten Stunde.«

Ich verriegelte die Tür und machte mich auf den Weg zu Bachmaier.

44.

Marion hatte ihr Kommen für die Stunde zwischen Mitternacht und ein Uhr morgens angekündigt, wenngleich ihr der Übergabeort überhaupt nicht behagte. Aber Edwin, der immer überzeugender in seiner Rolle wurde, hatte sich auf keine Diskussion eingelassen. Und so brachte ich schnell noch meinen Jeep weg, bevor wir alles für den großen Moment in die Wege leiteten. Dazu befreite ich Edwin nun endlich von seinen Handfesseln und gab ihm auch Gelegenheit, sich frisch zu machen. Weiters durfte er sich natürlich auch wieder vollständig anziehen. Ebenso natürlich überwachte ich jede seiner Bewegungen mit vorgehaltenem Revolver. Aber er war ganz zahm, voll damit beschäftigt, wieder in die Gänge zu kommen. Er versuchte lediglich, den Aufteilungsmodus zu seinen Gunsten zu ändern.

»Jetzt haben Sie doch erreicht, was Sie wollten«, sagte er. »Dann können Sie mir doch genausogut fünf Millionen überlassen.«

Ich schüttelte den Kopf. »Drei und dabei bleibt es. Vergiß nicht, daß ich vor kaum zwanzig Stunden drauf und dran war, dich zu erschießen. So gesehen hast du eine geradezu wahnwitzige Karriere hinter dir. Verdirb jetzt nicht alles, klar?«

»Und Sie lassen mich wirklich laufen?«

»Du hast mein Wort ... Du steigst mit deinen drei Millionen in ihren Wagen, und ich garantiere dir eine Stunde

Vorsprung. Auch wenn's mir schwerfällt ... Und jetzt hör auf rumzumeckern.«

»Möchte nur wissen, was Sie dann der Polizei erzählen?«

»Nicht dein Problem. Das kriege ich schon hin.«

Edwin grinste. »Diesen Staatsanwalt haben Sie sich ganz schön um den Finger gewickelt, alle Achtung.«

»Bachmaier? Ich glaube eher, dem ist es ziemlich egal, was ich hinter seinem Rücken so alles treibe. Hauptsache, für ihn fällt auch was dabei ab.«

Edwin nickte. »Jedenfalls gut zu wissen, daß es außer mir noch jemanden gibt, der Ihnen vertraut!«

Ich blickte auf die Uhr. »Ich denke, wir gehen dann langsam nach oben und beziehen Stellung ...« Ich warf Edwin seine Pistole zu. Die natürlich ungeladen war. »Also, darf ich bitten.«

Edwin ging voran. Mein Plan war ganz einfach: Ich würde mich in dieses Voyeurkämmerchen setzen und zusehen, wie Edwin im Kabinett gegenüber die Situation handhabte. Sollte er wider Erwarten einen Fluchtversuch unternehmen, würde ich nicht versuchen, ihn wieder einzufangen. Ich würde ihn erschießen, auch und gerade von hinten. Ebenso im Falle, daß er Marion gegen mich aufbringen würde. Ansonsten würde ich mich erst zeigen, wenn Marion das Geld präsentiert hätte.

»Ich fühle mich irgendwie beschissen«, sagte Edwin beim Anblick der Kreidestriche, die Ramonas letzte Position in diesem Leben umrissen.

»Kann ich gut verstehen ...«

»Und wenn sie doch nicht kommt? Vielleicht macht sie irgendeinen Scheiß, mit dem wir nicht rechnen? Jetzt, wo sie weiß, wo wir zu finden sind.«

»Du meinst, sie schickt vielleicht ein Killerkommando vorbei, bestellt bei der Russenmafia?«

»Warum nicht?«

Unten fuhr ein Wagen vor. Ich verdrückte mich blitzschnell in mein Kabuff und horchte durch die angelehnte Tür, was sich tat. Der Motor wurde abgestellt, dann blieb erst mal eine Weile alles ruhig. Edwin tigerte mit der Waffe in der Hand durchs Kabinett, hielt aber wie befohlen Abstand zur ebenfalls nur angelehnten Tür. Dann endlich wurde eine Wagentür zugeschlagen, gleich darauf die Haustür geöffnet.

»Edwin?« rief Marion.

Edwin blickte fragend in den Spiegel. Ich bedeutete ihm unsinnigerweise, keine Antwort zu geben. Denn Marion hatte von Edwin glasklare Anweisungen erhalten. Kein Grund also, lange rumzupalavern. Sie sollte unbewaffnet mit ihrem Gepäck hochkommen ins Kabinett, wo Edwin dann die Kohle zählen würde.

»Ich bin hier oben«, rief Edwin dann schon. »Zweite Tür rechts . . .«

Die ersten Schritte treppaufwärts. Ich versteckte mich hinter dem Lehnstuhl, den Colt weiterhin auf Edwin gerichtet. Wag es ja nicht, dachte ich. Marion warf nicht mal einen Blick zu mir rein, sondern ging gleich weiter ins Kabinett. Edwin wartete am Ende vom Raum auf sie, vor dem Andreaskreuz. Marion setzte ihre Tasche gleich an der Tür ab, blieb daneben stehen. Sie lächelte spöttisch. Edwins Körper versteifte sich. Ich konnte die Empfindungen eines Voyeurs nun gut nachfühlen. Es war schon irgendwie erhebend, sich so auf Kosten anderer zu vergnügen. Risikolos zu erleben, wie ihre versteckten Seiten zum Vorschein kamen, gefährliche Leidenschaften sich austobten.

»Zwei Millionen«, erklärte Marion. »Der Rest ist unten im Wagen.«

»Das soll ich dir glauben?« Edwins Stimme war nurmehr ein Flüstern.

»Geh nachsehen. Außerdem, was soll ich das Zeug hier

raufschleppen? Ich hab draußen keinen Wagen gesehen, also nehme ich an, du nimmst ohnehin meinen.«

»Und hast ihn entsprechend präpariert, schätze ich.«

Marion schüttelte mitleidig den Kopf. »Mein Gott, deine Paranoia möchte ich haben . . .«

Edwin wedelte mit der Pistole. »Und du hast natürlich auch keine Knarre eingesteckt, oder?«

»Willst du nachsehen?«

»Sollte ich . . . ?«

Verdammt, dachte ich, schau lieber nach, was in der Tasche ist. Aber Edwin war ganz auf Marion konzentriert, die nun ihre Wildlederjacke weit öffnete. Darunter trug sie eine schwarze, durchsichtige Bluse ohne Büstenhalter, aus der sich ihre Brustwarzen scharf abhoben.

»Hier drinnen ist nichts, was dir gefährlich werden könnte«, sagte sie dazu. »Keine Pistole, kein Messer, keine Giftspritze. Nur meine Titten, und die sind dir ja bestens bekannt . . . Du siehst, ich bin völlig in deiner Hand.«

Spätestens bei dieser Bemerkung wurde mir klar, daß diese Frau nicht daran dachte, einfach so aufzugeben. Mehr noch, daß sie garantiert eine neue Teufelei im Sinn hatte, hier und jetzt. Trotzdem konnte ich mich nicht dazu aufraffen, sofort einzugreifen, dem Spuk ein Ende zu bereiten. Vielleicht aus purer Neugierde. Vielleicht aber auch, weil mir Edwins Wohlergehen herzlich egal war. Wenn er nicht in der Lage war, auf sich achtzugeben, sein Problem! Ich hatte versprochen, ihn laufenzulassen. Nicht, ihn zu beschützen.

»Weißt Du denn schon, wohin du willst?« fragte Marion dann, unvermutet sachlich.

»Irgendwohin«, erwiderte Edwin.

»Mit der ganzen Kohle? Du bist verrückt . . .«

»So?«

Marion streifte unvermutet ihre Jacke ab, hob dann ihre nackten Arme an. Mitsamt den hautengen Jeans und den kniehohen, schwarzen Lederstiefeln wirkte sie nun unwiderstehlich. War sie eine Verkörperung all dessen, was man neben Macht und Einfluß mit Geld kaufen konnte. Die fleischgewordene Versuchung. Sex pur. Geiles, endloses Vergnügen.

»Wir werden uns also nicht wiedersehen?« fragte sie.

»Kaum . . .«

»Dann gib mir wenigstens noch einen Kuß, der alten Zeiten wegen . . .«

Edwin grinste wissend. »Meinst du? Hast wohl eine Zyankalikapsel da drin versteckt, was? Die schiebst du mir dann rüber, haust mir schnell eins auf die Zähne, und ich hab das Ding intus . . . Echt clever, muß ich schon sagen.«

Marion trat näher auf Edwin zu, die Hände nach ihm ausgestreckt. »Für was hältst du mich eigentlich, für ein Monster? Ich liebe dich immer noch! Obwohl ich allen Grund hätte, dich zu hassen . . . Weißt du denn nicht, daß ich dies alles nur dir zuliebe gemacht hab? Damit ich dich nicht verliere. Und das ist nun der Dank dafür . . . Du bist das Monster, nicht ich.«

Nette Ansprache, dachte ich. Gleich würde sie anfangen zu heulen. Ich machte mich bereit. Doch dann drückte Marion Edwins Pistolenhand einfach beiseite und schlang ihre Arme um seine Hüften. Und der Idiot ließ es geschehen. Ich war fassungslos. Marion knabberte an seinem Ohrläppchen rum, löste dann ihre rechte Hand von Edwin und griff sich selbst mit Daumen und Zeigefinger ans Ohr. Genauer gesagt, an ihren silbrigglänzenden, trapezförmigen Ohrring von der Größe eines Fünfmarkstücks. Der im nächsten Augenblick, losgerissen von seinem Bestimmungsort, wie der Blitz in Edwins linke Halsseite einschlug und die Schlagader zerfetzte.

Sofort schoß ein Blutstrahl hervor und spritzte Marion ins Gesicht und auf die Schulter. Edwin machte eine Drehung nach rechts, die Pistole entglitt seiner Hand. Aus seinem Mund kam ein Laut, der wohl jeden erbarmt hätte. Nicht so Marion. Die ging seelenruhig um ihn herum, holte erneut aus und schlitzte ihm mit einem gut gezielten Hieb auch noch die rechte Schlagader auf.

Edwin fiel auf die Knie, dann mit dem Gesicht voran zu Boden. Er preßte sich nun beide Hände gegen den Hals, vergebens. Sein Leben floß ihm davon, unaufhaltsam.

Erst dann löste ich mich aus meiner Erstarrung und brach aus meinem Versteck. Marion hörte mich natürlich kommen und hatte Edwins Pistole schon in der Hand, als ich endlich ins Kabinett stolperte. Sie drückte auch gleich ab, was sonst. Mehrmals, bis sie endlich begriff, daß ich sie angeschmiert hatte. Sie und ihren abgemurksten Liebhaber. Sie ließ die Pistole fallen, genau auf ihren scharf wie ein Rasiermesser gemachten Ohrring. Blickte kurz zur Spiegelwand, dann wieder zu mir. Der aufdringliche süßliche Geruch frischen Blutes verursachte mir plötzlich Brechreiz.

Ich zielte auf ihr Gesicht und sagte: »Ich hab nur eine Frage: Wie wollen Sie hier lebend rauskommen?«

Sie starrte mich ungläubig an. »Sie sind allein?« fragte sie dann.

Ich nickte. »Allerdings ...«

Sie blickte kurz auf Edwin hinunter. »Dann wollte er gar nicht weg von mir?«

»Er hat nur das getan, was ich ihm gesagt hab ...«

»Heißt das vielleicht, es geht Ihnen nur ums Geld?«

Ich lächelte müde. »Das hätten Sie wohl gerne, hm? Aber da muß ich Sie leider enttäuschen. Es geht mir weder um Ihr dreckiges Geld noch um was anderes. Ich versuche lediglich, einen Fehler wiedergutzumachen.«

»Einen Fehler?«

Ich deutete auf den Linoleumboden, wo die bewußten Kreidestriche schon teils unter Blut standen. »Sie wissen schon, Ramona ...«

»Ich hab mich nur gewehrt«, erwiderte sie dann.

»Haben Sie das auch zu dem kleinen Bartok-Jungen gesagt, bevor Sie ihm die Plastiktüte über den Kopf gestülpt haben? Oder zu Ihrem Mann, als Sie ihn im Keller bearbeitet haben, damit er Ihnen das Geldversteck verrät?«

»Sie verstehen das nicht ...«

»Richtig. Und ich leg auch keinen Wert darauf, es zu verstehen ... Sonst noch was?«

»Aber was zehn Millionen bedeuten, das verstehen Sie, oder?«

Ich hätte beinahe aufgelacht. Es war nicht zu fassen, aber diese Frau war nicht kleinzukriegen. Sie erinnerte mich an dieses Ungeheuer aus *Alien*, diese säurehaltige Mordmaschine, die einfach nicht aufzuhalten war. Säure statt Blut, war dies auch bei Marion der Fall? Gleich würde ich es wissen ...

Dann hörte ich ein Geräusch hinter mir und fuhr herum. In der Tür stand Paul, die Pistole in der Hand.

45.

Ich muß zugeben, ich habe nie allzuviel von Paul gehalten. Es war ganz nett, ihn gelegentlich um sich zu haben, aber daß er mein Leben wirklich bereichert und beflügelt hätte, das gerade nicht. Aber nun war ich heilfroh, ihn zu sehen. In diesem Augenblick war er der Größte für mich. Der Held meiner Mädchenträume. Mein Ritter! Denn noch ein paar Minuten länger mit dieser Wahnsinnigen, mit dieser Neuausgabe der blutigen Gräfin von Bathory, und ich hätte vermutlich selbst durchgedreht.

Paul blickte erst zu dem Toten, dann zu Marion, schließlich auf meinen Revolver. Er ließ sich nichts anmerken. Aber wer mehr als zwanzig Jahre seines Lebens damit verbracht hatte, Wasserleichen, Brandopfer und halbverweste Rentner zu untersuchen, für den war Edwin wohl ein geradezu erholsamer Anblick. »Willst du auf mich schießen?« fragte er dann.

Ich schüttelte nur den Kopf.

Paul stellte sich neben mich, die Pistole nun auf Marion gerichtet. »Was ist hier passiert? Wer ist das?«

»Sein Name ist Edwin Alberti ... Er war ihr Komplize.« Damit deutete ich auf Marion.

»Komplize bei was?«

»Bei dieser Bartok-Entführung.«

»Im Ernst?«

»Ja ...«

»Und warum liegt er dann hier rum wie ein Stück Schlachtvieh? Hast du ihn ... ?«

»Nein, nein, das war sie ... Aber jetzt sag endlich, wie du hierherkommst? Wird das Haus vielleicht noch immer überwacht?«

Paul klopfte mir kurz auf den Rücken, fing dann an, die Leiche zu umrunden. Das Schmatzen seiner Schritte brachte mich fast dazu, mich zu übergeben. Ich spürte, wie meine Knie weich wurden. Paul sagte: »Überwacht nicht, aber ich hab mir Sorgen gemacht wegen gestern nacht. Aber du warst ja den ganzen Tag über nicht zu erreichen.« Er blieb stehen, stützte sich mit der freien Hand auf den Strafbock und fixierte Marion. »Also hab ich gedacht, vielleicht weiß sie, wo du steckst. War ja klar, daß der Scheiß bei dir zu Hause mit der Sache hier zusammenhängt.« Sprach dann direkt zu Marion: »Aber Sie waren ja auch nicht zu erreichen. Trotz der immer noch geltenden

Anweisung, sich jederzeit zur Verfügung zu halten. Also bin ich kurz nach zwölf einfach mal zu Ihrem Haus rausgefahren. Und hab gesehen, wie Sie gerade wegfuhren. Was mir irgendwie komisch vorkam. Ich meine, wo fährt man in dieser Scheißstadt nach zwölf noch hin, in Ihrem Alter? Also hab ich mich drangehängt, nur mal zur Übung.« Er wandte sich wieder mir zu. »Wenn ich natürlich geahnt hätte, was hier oben abläuft, wäre ich gleich rein. Aber ich wollte erst mal die Lage checken und schauen, wer sich sonst noch blicken läßt.«

»Du bist genau richtig gekommen, keine Sorge«, sagte ich.

»So . . . ?« Er deutete mit der Pistole auf Edwin. »Meinst du nicht, daß er das ein bißchen anders sehen würde?«

»Der hatte mehr Chancen, als er verdient hätte«, erwiderte ich. »Jedenfalls muß ich mich bei dir entschuldigen. Ich glaube, ich hab dich immer unterschätzt.«

»Schön zu hören . . . . Und warum?« Paul schubste Marion mit der Schulter gegen die peitschenbehängte Wand und kam wieder an meine Seite.

»Warum sie den armen Kerl so zugerichtet hat? Er wollte sich trennen von ihr, eigene Wege gehen. Und die Hälfte des Lösegeldes wollte er gleich mitnehmen . . . Er hat übrigens auch diese Ramona umgebracht, genau hier in diesem Raum. Und er war's auch, der gestern nacht meine Scheune abgefackelt hat, unter anderem.«

Paul stieß mit der linken Schuhspitze gegen Marions Tasche. »War das sein Anteil? Das sind doch nie und nimmer zehn Millionen!«

»Zwei«, sagte ich. »Die restlichen acht liegen angeblich in ihrem Auto unten.«

»Zehn Millionen, genau«, meldete sich plötzlich Marion, zu Paul gewandt. »Zehn Millionen, die Ihnen gehören, wenn Sie mich laufenlassen.«

»Hör nicht auf den Quatsch«, sagte ich. »Die hat nur geblufft, die hat niemals die anderen acht Millionen unten im Auto. Dazu ist sie viel zu gierig. Außerdem kriegen wir in jedem Fall die Belohnung. Und das sind auch fünf Millionen.«

»Blödsinn!« Marions Stimme schnitt scharf wie ihr Ohrring durch die blutdämpfige Luft. »Er als Polizist hat überhaupt keinen Anspruch auf die Belohnung. Und von den fünf Millionen kriegst du blöde Schnalle höchstens zwei ausbezahlt, nach Abzug der Steuern . . .«

»Dann eben zwei«, sagte ich bemüht ruhig zu Paul. »Damit läßt sich auch einiges anfangen.«

Aber Marion gab nicht auf. Was ja auch etwas völlig Neues gewesen wäre. »Das sagt sie jetzt«, bellte sie. »Aber wenn's dann soweit ist, wird sie von nichts mehr wissen wollen . . . Dann speist sie dich mit vielleicht hunderttausend ab . . . Ich biete dir hundertmal soviel. Zehn Millionen, du Idiot. Du mußt nur zugreifen.«

»Jetzt reicht es«, sagte ich zu Marion. »Halt endlich die Klappe oder ich stopf sie dir. Wir brauchen dein verdammtes Geld nicht. Wir sehen viel lieber zu, wie du im Knast versauerst.«

»Jetzt mal langsam, Claudia«, sagte Paul. »Du hast das Geld vielleicht nicht nötig, aber ich hätte verdammt nochmal ein paar Sorgen weniger damit.«

Ich glaubte, nicht richtig gehört zu haben. Aber Pauls Gesichtsausdruck verriet mir, wie es brodelte in ihm. Der Funke der Gier war also schon gelegt, der Flächenbrand absehbar. Ich bekam plötzlich schreckliche Angst. Aber weniger um mich als um Paul.

»Diese Frau hat fünf Menschenleben auf dem Gewissen«, sagte ich. »Und sie wird nicht zögern, dich bei der erstbesten Gelegenheit aus dem Weg zu räumen.«

Paul war nicht beeindruckt. »Ich kann dir jede Menge Typen zeigen, die mehr als fünf Menschenleben auf dem

Kerbholz haben«, erwiderte er. »Und die gemütlich und zufrieden in ihren vier Wänden hocken und unbehelligt ihren Geschäften nachgehen.«

»Das mußt du mir nicht sagen ...« Ich wurde langsam laut. Und merkte zugleich, wie ich langsam in die Defensive rutschte. Gott sei Dank hatte ich meinen Revolver. Auch wenn mir der Gedanke, die Waffe gegen Paul zu richten, absolut abwegig erschien. Dennoch rückte ich ein Stück ab von ihm.

»Wenn die acht Millionen nicht unten im Auto sind, wo sind sie dann?« fragte Paul.

»Gut versteckt«, erwiderte Marion. »Aber wir können noch heute nacht ran, wenn du unbedingt willst.« Sie blickte zu mir. »Die Frage ist nur, was machen wir mit ihr da? Willst du sie wirklich beteiligen?«

Ich war sprachlos. Dieses Miststück tat schon so, als würde ich gar nicht mehr zählen.

Paul blickte mich geradezu flehentlich an. »Kann ich auf dich zählen, Claudia?« fragte er leise.

Es war ihm also wirklich Ernst! So ein Idiot.

Ich schüttelte den Kopf. »Nur über meine Leiche«, sagte ich, etwas unüberlegt.

»Das läßt sich machen«, sagte Marion und kicherte.

»Überleg doch mal, zehn Millionen«, sagte Paul. »Damit könnten wir völlig neu anfangen, weit weg von dem ganzen Scheiß hier. Schau dich doch um, in ein paar Jahren bricht hier sowieso alles zusammen. Aber wir beide wären dann fein raus. Ist doch scheißegal, ob sie nun im Knast sitzt oder nicht. Jeden Tag werden Verbrechen begangen und nie aufgeklärt, kümmert doch kein Schwein.«

»Sie hat auch versucht, *mich* umzubringen«, erwiderte ich.

»Na und, hat's dir geschadet? Dir fehlt doch nichts, oder? Und fünf Millionen sind eine tolle Entschädigung für ein paar Stunden Angst, würde ich sagen.«

»Ich überlasse dir die Belohnung und damit basta«, sagte ich. »Und jetzt rufe ich Bachmaier an.«

»Claudia«, sagte Paul. Es klang wie eine Bitte um Vergebung. Aber nicht für die Sünden der Vergangenheit, sondern für Sünden, die erst noch begangen werden wollten. Der Boden unter mir schwankte plötzlich. Ich wollte nicht glauben, was da auf mich zukam. Wollte nur endlich raus hier.

Edwins halboffener Mund grinste zu mir hoch. Seine leeren Augen blickten mich anklagend an. Komm, begleite mich, flüsterte er. Es ist so dunkel hier drin. So dunkel und kalt. Und du bist schuld. Ich habe dir vertraut ...

Ich will ja Buße tun, dachte ich. Aber nicht so.

Ich ging weiter zurück, brachte den Strafbock zwischen mich und Paul. Ein lächerliches Holzgestell als Deckung, na prima!

»Wie du willst«, sagte ich zu Paul. »Aber dann mußt du mich vorher erschießen. Oder ich dich ... Herrgott, Paul. Du würdest mit diesem verdammten Geld niemals glücklich werden. Und irgendwann würdest du auf die Idee kommen, daß ich zuviel weiß. Ich meine, ich könnte nie mehr ruhig schlafen, schon gar nicht neben dir ... Ich kann es nicht zulassen, tut mir leid.«

So standen wir uns also gegenüber, kaum vier Meter voneinander entfernt, jeder die Waffe halb erhoben. Aber noch zögerte jeder, den letzten Schritt zu tun.

»Mach sie endlich fertig, diese hochnäsige Fotze«, kreischte da Marion unvermutet aus dem Hintergrund. »Die ist doch nur dagegen, weil sie genau weiß, daß du dann was Besseres findest. Schau sie dir doch an, diesen Bauerntrampel. Kein Busen, ne Haut wie ein verschrumpelter Apfel, Hände groß wie ne Kehrschaufel. Die ist doch längst ein Fall für die Mitleidstour. Die fickt doch jeden, der ihr einen Kaffee spendiert. Wahrscheinlich hat sie sogar Aids, wenn sie solange in Afrika war . . . Los, knall sie ab und du hast mehr Geld, als du ausgeben kannst. Und wenn du willst, mich dazu.«

»Sie würde dich bei der erstbesten Gelegenheit umbringen«, sagte ich. »Das würde sie. Und sie würde ihren Spaß daran haben.«

»Das laß mal meine Sorge sein«, erwiderte Paul. »Wenn du willst, kannst du auf der Stelle nach Hause gehen. Ich krieg das schon hin.«

Ich richtete meinen Revolver auf Marion. »Mach, was du willst«, sagte ich. »Aber ich werde sie da erschießen. Und zwar in dem Augenblick, wo sie versucht, diesen Raum hier zu verlassen.«

Sekundenlang herrschte Totenstille. Bis Marion zischelte: »Du kannst alles haben, das ganze Scheißgeld. Aber schaff mich hier raus, bevor sie ganz durchdreht.«

Paul guckte an mir vorbei in den Spiegel, hob die Pistole an. Ich war unfähig, mich zu rühren. Sah hilflos zu, wie er den Abzug durchdrückte. Zum Glück war das Ergebnis höchst banal. Ich spürte nur ein Zupfen an meinem linken Ärmel, zugleich splitterte Glas hinter mir. Nur ein Warnschuß? Ich hätte zu gerne daran geglaubt. Aber nun sprang endlich mein Selbsterhaltungstrieb an, und eine Stimme in mir schrie: Wenn er dir so kommt, dann hör auf, hier länger blöd rumzustehen. Schlag zurück und überlaß den Rest dem Schicksal.

Ich packte meinen Revolver mit beiden Händen, riß die Waffe herum und drückte ebenfalls ab.

Er blieb auf den Beinen, aber es war, als hätte man eine Lanze in seinen Bauch gerammt. Seine Schultern sackten nach vorne, sein Kopf sank auf seine Brust.

Dennoch fand er die Kraft, einen weiteren Schuß abzugeben.

Hatte die Waffe da allerdings schon auf den Boden gerichtet. Dann entglitt ihm die Pistole, seine Hände suchten seinen Bauch, und er fiel in sich zusammen.

Aus den Augenwinkeln sah ich Marion zur Tür hinausflitzen. Bis ich meinen Blick von Paul losgerissen hatte, war sie schon auf der Treppe. Aber ich konnte mir jede Eile sparen, denn die Frau geriet mit ihren blutglitschigen Absätzen ins Schleudern und landete kopfüber vor der Haustür. War aber soweit intakt geblieben, um noch auf allen vieren nach der Türklinke zu greifen.

Ich folgte ihr, gleichzeitig stieg unbeschreiblicher Zorn in mir hoch. Ich trat ihr ein paarmal kräftig in die Rippen, drosch ihr dann den Revolverlauf über den Schädel. Das brachte sie endgültig zu Fall. Zugleich registrierte ich einen merkwürdig vertrauten Geruch an ihr. Einen Geruch vom Lande. Kam aber nicht drauf, was genau es war. Es machte mich nur noch wütender, und ich trat ihr auch gegen den Kopf. Erst als sie reglos dalag und Blut aus ihrer Nase sickerte, ließ ich ab von ihr und eilte wieder nach oben.

Paul saß gegen den Türstock gelehnt am Boden und hielt sich mit beiden Händen den blutgetränkten Bauch. Sein Atem ging stoßweise, blutiger Schaum füllte seine Mundwinkel. Die Angst in seinen Augen war kaum zu ertragen. Ich ging neben ihm in die Hocke, behielt meinen Revolver aber in der Hand.

»Mach schon«, wisperte er,»ruf einen Krankenwagen.«

»Und dann?«

»Was?«

»Dann behauptest du, *ich* hätte versucht, mir die Kohle zu krallen, und du wärst nur dazwischengegangen, wie es sich für einen guten Polizisten gehört. Und ich krieg lebenslänglich, wegen versuchten Polizistenmordes.«

»Red keinen Scheiß. Ich sage die Wahrheit, mein Wort ...«

»Das soll ich dir glauben?«

»Bitte, Claudia, laß mich hier nicht krepieren.« Er griff nach meiner Hand, drückte mir sein Blut zwischen die Finger. »Ich schwör's dir, ich sage, wie es war.«

Ich schwankte plötzlich. Natürlich war's Paul im Augenblick sicher bitterernst mit seiner Absicht, bei den Tatsachen zu bleiben, aber das war nicht der Punkt. Die Frage war, was er tun würde, wenn er wieder obenauf war? Ein Geständnis würde sein Leben ruinieren. Und der Knast würde ihm den Rest geben. Würde er mich unter diesen Umständen wirklich entlasten? Wirklich die Schuld auf sich nehmen? Ich glaubte keine Sekunde daran. Nein, er würde mich opfern, jede Wette, würde mich anschwärzen, wo immer es nur ging. Er war bereit gewesen, mich zu töten; dagegen war eine Falschaussage doch ein Klacks.

Nicht zu vergessen Marion, die ebenfalls alles daran setzen würde, um mich hängen zu sehen.

Mordversuch an einem Polizisten plus Komplizenschaft mit einer mehrfachen Mörderin, genauso würde die Anklage lauten. Und so wie ich die bayerische Justiz einschätzte, würde sie sich die Chance, wieder mal ein Exempel zu statuieren, nicht entgehen lassen. Oder wie es ein Kollege von Madeleine mal formuliert hatte: »Wo ein Wille zum Lebenslänglich ist, da findet sich auch ein Weg.« Wobei in dem betreffenden Fall der Beschuldigte, ein Bankräuber, sein Opfer nicht mal getroffen hatte.

Hatte ich also eine Wahl?

»Ich glaube dir ja«, sagte ich und brachte sogar ein Lächeln zustande. »Halt durch, nur ein paar Minuten noch. Dann wird alles wieder gut, das verspreche ich dir.«

Ich befreite mich aus seinem Griff, strich ihm kurz übers Gesicht. Dann erhob ich mich, trat einen Schritt zurück und schoß ihm mitten ins Herz.

46.

Einem Staatsanwalt zu erklären, man habe gerade einen seiner Beamten erschossen, und das aus guten, durchaus legitimen Gründen, dürfte wohl zu den schwierigsten Aufgaben auf dieser Welt zählen. Ähnlich der Bewältigung eines leckgeschlagenen Atomkraftwerks. Und Bachmaier machte es mir wirklich nicht leicht, trotz seiner Sympathie für meine Person und meine Arbeit. Aber ich hätte ohnehin ausgepackt, ob nun Bachmaier, dem Papst oder sonstwem gegenüber. Ich nahm mir nicht einmal einen Anwalt. Ich verschwieg nur, wie Paul tatsächlich ums Leben gekommen war. Da setzte ich logischerweise weiter knallhart auf Notwehr. Aber sonst, angefangen mit Ramonas überfallartigem Auftauchen in meiner Wohnung, über mein Täuschungsmanöver gegenüber Marion bis hin zu meinem Deal mit Edwin, blieb ich bei den Tatsachen.

»Respekt, Respekt«, sagte Bachmaier, nachdem ich meine Ausführungen beendet hatte. »Sie haben uns alle perfekt an der Nase herumgeführt ... Was gekränkte Eitelkeit nicht alles auslösen kann!«

»Was?«

»Kommen Sie schon, Claudia ... Ich darf Sie doch Claudia nennen, oder, so unter uns?«

Ich nickte nur.

Bachmaier lehnte sich zurück, verschränkte die Hände hinterm Kopf und blickte mich nahezu wohlwollend an. Er sagte: »Sehen Sie, Claudia, ich bin durchaus geneigt, Ihnen Glauben zu schenken, und ich werde vor Gericht Ihren Mut und Ihren persönlichen Einsatz auch entsprechend herausstellen. Trotzdem bleibt die Frage, warum Sie nicht spätestens nach Ramonas Tod mit offenen Karten gespielt haben?«

»Weil dann immer noch Aussage gegen Aussage gestanden hätte, oder etwa nicht?«

»Sicher, aber irgendwie reicht mir das nicht.«

»Vielleicht wollte ich mir die Belohnung auch richtig verdienen? Und nicht nur hingehen und kassieren . . .«

»Daran hab ich auch schon gedacht. Aber wissen Sie was: Ich glaube, dieser Edwin Alberti hat das völlig richtig erkannt: Sie wollten vor allem sehen, ob Sie diese Frau schlagen können. Sie wollten keine billige Rachenummer wie diese Ramona, was ich Ihnen sehr zugute halte, aber auch keinen Prozeß mit unsicherem Ausgang. Also haben Sie sich vorgenommen, diese Frau zu übertrumpfen. Sie wollten Marion Hochberger nicht zerstören, Sie wollten ihr zeigen, daß Sie gewiefter sind, noch gefährlicher. Um sie dann mit den Lebenden leiden zu sehen . . .«

»Finden Sie?«

»Ja. Der Punkt ist nur, ob Sie, ob wir mit dem Ergebnis auch zufrieden sein können?«

»Um diesen Killer tut's mir nicht leid, der hatte mehr Chancen, als er verdient hätte. Und das mit Paul, damit werde ich wohl leben müssen.«

»Tja, der Kollege Strecker, das wird noch ein Nachspiel haben . . .« Bachmaier beugte sich wieder vor und stellte den Kassettenrecorder ab, der unser Gespräch bislang aufgezeichnet hatte. Er rückte seine Brille zurecht, sagte dann, richtiggehend mitfühlend: »Aber ich denke, daß ich Sie auch da rausboxen kann. Es sei denn, es werden neue Fakten bekannt, die sich mit dem eben Erwähnten nicht decken.«

»Ich kann mich nur wiederholen«, sagte ich, nachdem ich sekundenlang dagegen angekämpft hatte, nicht vom Stuhl zu kippen. »Als sein erster Schuß danebenging, ob absichtlich oder aus Ungeschick, konnte und wollte ich nicht warten, wie es weitergeht. Ob er wieder zur Besinnung kommt oder nicht. Ich hab abgedrückt und ihn in den Bauch getroffen. Was ihn zwar zurückgeworfen, aber irgendwie nicht daran gehindert hat, noch einmal zu feuern. Allerdings ungezielt, wie ich zugeben muß. Aber ich war in diesem Moment schon so in Panik, daß ich reflexhaft auch nochmal abgedrückt hab.«

»Sicher ... Das Gericht wird sich nur fragen, wieso ein gut ausgebildeter Beamter zweimal danebenschießt, während eine sozusagen unbedarfte Frau zweimal hintereinander einen tödlichen Treffer landet?«

Ich zuckte mit den Schultern. »Wie ich schon gesagt hab, vielleicht wollte er mich insgeheim gar nicht treffen. Wir waren befreundet, wie Sie wissen, und er wußte, daß er im Begriff war, etwas Abscheuliches zu tun. Aber was sollte ich tun? Auf mein Glück vertrauen? Auf sein schlechtes Gewissen?«

Bachmaier nickte. »Wie auch immer, das können Sie alles noch mit Ihren Anwälten klären. Und sicher gibt es auch das eine oder andere Gutachten über Verhalten in Streßsituationen, das Ihre Reaktion als entschuldbar hinstellt ...«

»Ich nehme an, Marion wird ebenfalls die besten Anwälte kriegen, bei der Publicity?«

»Vermutlich. Aber darüber würde ich mir an Ihrer Stelle zuletzt Sorgen machen. Wenn die Frau klug ist, und ich denke, davon können wir ausgehen, dann hält sie den Mund.«

»Tja, und jetzt?«

Bachmaier lächelte zum ersten Mal an diesem Morgen. Er machte eine Pause, sagte dann: »Nun, wenn Sie mir versprechen, mit niemandem darüber zu reden, kann ich Sie vielleicht sogar nach Hause gehen lassen. Sie müssen natürlich in der Stadt bleiben und sich zur Verfügung halten, aber sonst ... Ich würde sagen, schlafen Sie sich erst mal aus und wir reden heute abend weiter, einverstanden?«

»Danke.« Ich stand auf und ging zum Fenster. Es war

inzwischen hellichter Tag. Bachmaier stellte sich neben mich, legte seine Hand auf meinen Unterarm.

»Ich werde versuchen, bei der Presseerklärung Ihren Namen fürs erste rauszuhalten und die Tatsache, daß wir diese Entführung aufgeklärt haben, in den Vordergrund stellen«, sagte er. »Das gibt dann schon mal jede Menge Pluspunkte, die wir dann, wenn's um den Tod des Kollegen Strecker geht, dringend gebrauchen können.«

»Sie hätten Politiker werden sollen«, erwiderte ich.

»Das kommt vielleicht noch ... Aber wenn ich ehrlich sein soll, kommt mir dieser Fall natürlich sehr gelegen.«

»Wenn Sie wirklich ehrlich sein wollen, müssen Sie zugeben, daß ich im Grund Ihren Job gemacht habe. Deswegen sind Sie auch so verdammt nett zu mir.«

Bachmaier zog seine Hand zurück. »Sie sind wirklich die aggressivste Frau, die mir je untergekommen ist. Aggressiv, verschlagen und äußerst hartnäckig.«

47.

Ich hatte kaum die Tür hinter mir zugedrückt, da sackte ich zu Boden und heulte los. Überwältigt von Selbstmitleid, Erschöpfung und Wut, schwamm nun auch der letzte Rest meiner bislang ach so taffen Haltung davon. Gott, war ich froh, wieder zu Hause zu sein. Zu Hause und in Sicherheit. Natürlich würde mir Pauls Tod für den Rest meines Lebens Albträume bereiten, aber egal, für den Augenblick war ich gerettet.

Nach einer Weile gingen mir die Tränen aus, und ich schluchzte nur noch. Bis ich die Post bemerkte, die ich automatisch aus dem Briefkasten genommen hatte. Und immer noch fest umklammert hielt. Insgesamt sieben Kuverts und ein paar Reklamezettel, die nun alle hübsch durchweicht waren. Was mich fast wieder zum Lachen brachte. Zumindest aber so weit, daß ich aus eigener Kraft aufstehen und mich ins Bad schleppen konnte.

Ich guckte lieber nicht in den Spiegel. Ich zog mich aus, nahm mir die Zeit, die blutbesudelten Kleidungsstücke inklusive Schuhe in zwei Plastiktüten zu packen und vorerst im Flurschrank zu verstauen. Dann duschte ich ausgiebig, putzte mir fünf Minuten lang die Zähne, schluckte zwanzig Milligramm Tranxilium und warf mich, in meinen Bademantel gehüllt, aufs Bett. Tante Agnes hatte ja einen Schlüssel und würde ohnehin erst gegen Abend kommen. Ich dachte an eine Zeile von Bob Dylan: Forget the dead you've left behind, they will not follow you. Na hoffentlich.

Eine Art Krachen weckte mich. Ich fuhr in die Höhe, mein erster Gedanke galt der Frage, wo zum Teufel mein Revolver wieder lag. Ich tastete wild umher, aber da war nichts. Natürlich, fiel mir ein, meine sämtlichen Waffen hatte ja die Polizei beschlagnahmt. Ich war nackt und wehrlos. Ich horchte, und dann kam es schon wieder, ein Poltern an der Wohnungstür, eindeutig. Gleichzeitig wurde wie verrückt die Klingel betätigt.

Ein Abholkommando, dachte ich.

Also hatte Bachmaier seine Meinung geändert! Aus mit der Erholung in den eigenen vier Wänden.

Ich blickte auf den Wecker. Zwanzig nach elf. Immerhin, ein paar Stunden waren es gewesen. Ich setzte mich auf die Bettkante, das nächste Verhör vor Augen. Und wenn sie mich doch in U-Haft steckten, meine Notwehrversion für ungültig erklärten? Ich wünschte mir plötzlich, Paul hätte mich richtig getroffen. Richtig schön lebensgefährlich. Dann würde alles ein bißchen anders aussehen. Eindeutiger.

Ich wankte ins Wohnzimmer und blickte auf den Hof hinunter. Und zuckte sofort zurück. Der Hof war vollgestopft mit Autos, zwischen denen zumeist junge Leute mit Kameras und sonstigem technischen Gerät umhereilten. Aber keine Uniformen. Das war also der Grund: Ich war aufgeflogen, irgendwer hatte der Presse meinen Namen gesteckt.

Erneutes Hämmern gegen die Tür. Und nun vernahm ich auch das Geplärre und Getrampel, das vom Treppenhaus hereindrang. Ich hielt mich am Bücherregal fest, fing an zu zittern. Ich war belagert, richtiggehend umstellt. Keine Chance, da heil durchzukommen. Aber auch keine Chance mehr, hier drinnen zur Ruhe zu kommen. Ich überlegte kurz, ob ich an die Tür gehen und versuchen sollte, die Meute einfach zu verjagen. Natürlich eine Schnapsidee! Diese Aasgeier würden mir auf der Stelle die Bude einrennen. Aber allzulange konnte die Tür dem Ansturm ohnehin nicht mehr standhalten.

Mein Anrufbeantworter blinkte. Neun Anrufe! Das Band war längst voll. Ich rief Bachmaier an, der aber nicht zu sprechen war und zurückrufen würde. Wunderbar, das sollte er mal versuchen. Um mich abzulenken, schaltete ich das Radio an. Und fand auch gleich einen Sender, der live über den Aufruhr vor meiner Tür berichtete. Eine junge Frau fragte gerade jemanden, welchen Eindruck er von mir hätte.

»Die sieht man ja kaum«, erwiderte der Angesprochene. Es war mein Nachbar in der Wohnung unter mir, ein griesgrämiger Pensionist mit einer Vorliebe für Marschmusik und Kleppermäntel. »Ich meine, vielleicht mal am Sonntag, aber sonst. Aber ihren Wagen, den parkt sie immer hier ganz in der Nähe, und fast immer, wo Parkverbot ist. Einmal hat sie ihn sogar vorne vor die Kirche gestellt, direkt vor die Stufen. Und überhaupt, was muß die einen so großen Wagen fahren? So einen Geländewagen fahren doch sonst nur Nutten . . . Ähhh, ich meine Prostituierte.«

»Woher wissen Sie das denn?«

»Ähhh, hab ich mal im Fernsehen gesehen.«

»Sie meinen also, die Frau lebt über ihre Verhältnisse?«

»Das weiß man doch, daß diese Privatdetektive nicht ganz sauber sind. Die machen doch alles für Geld, oder?«

Ich drehte ab. Dann schon lieber eine Zelle im Polizeipräsidium, sagte ich mir, als hier so auf dem Präsentierteller. Ich rief erneut bei Bachmaier an. Diesmal war er gleich am Apparat.

»Vor meiner Tür ist die Hölle los«, sagte ich. »Und ich glaube nicht, daß ich das noch lange aushalte ...«

»Ja, tut mir leid. Da muß es wohl irgendwo eine undichte Stelle gegeben haben«, erwiderte er. »Hm, haben Sie eine Vorstellung, wo Sie hinkönnten?«

»Eigentlich nicht, jedenfalls hier in München. Außerdem möchte ich da niemanden mit reinziehen. Aber in einem Hotel wird es wohl kaum besser sein. Am besten, Sie besorgen mir fürs erste eine Zelle.«

Ich merkte, wie er aufatmete. »Kein Problem, Sie kriegen unser bestes Zimmer ... Halten Sie noch zehn Minuten durch, dann sind meine Leute bei Ihnen.«

Ich packte rasch etwas Unterwäsche und ein paar Toilettenartikel in eine Tasche, zog mich dann reisefertig an. Warf dabei hin und wieder einen Blick aus dem Fenster. Endlich sah ich sie kommen, vier Streifenpolizisten, die sich im Gänsemarsch einen Weg durch die Menge bahnten. Ich setzte noch schnell meine Sonnenbrille auf, stellte mich an die Tür und wartete. Ein Klopfen, eher sachte, dann eine männliche Stimme, ruhig, beherrscht. »Frau Caspary, hier ist die Polizei. Wir sind da, um Sie abzuholen ...«

Ich öffnete vorsichtig, schob meine Tasche zum Schutz vor mich her. Doch der Flur war geräumt, nur die Polizisten standen da. Zum Leidwesen der Wartenden blieb einer der Beamten vor meiner Wohnungstür zurück, die restlichen drei eskortierten mich ins Freie hinaus. Fragen prasselten auf mich ein, eine Hand zerrte mir die Sonnenbrille vom Gesicht. Laufend Blitzlichter, surrende Kameras. Ich hielt den Kopf gesenkt, die Lippen zusammengepreßt. Als ich endlich im Streifenwagen saß, war mein Rücken klatschnaß. Ein Konvoi von Fahrzeugen aller Art, Kleinbusse, Sportwagen und Motorräder, folgte uns. Ein richtiger Gaudizug, mit einer Stimmung wie beim Fasching. Die Stimmung im Wagen war allerdings frostig. »Wie ich gehört hab, sollen Sie einen Kollegen erschossen haben? Stimmt das?« fragte der Beamte auf dem Beifahrersitz. Es war der gleiche, der mit mir an der Wohnungstür gesprochen hatte.

»Er wollte mich umbringen ...« erwiderte ich lapidar.

»Leicht zu behaupten, nachdem er tot ist, finden Sie nicht?«

Aber auch schwer zu widerlegen, dachte ich. »Sie haben einen Kollegen verloren, ich einen Freund«, sagte ich dann. »Jedenfalls dachte ich, daß er ein Freund wäre. Aber wenn es um Geld geht, sind alle Menschen wohl gleich, ob sie nun eine Uniform tragen oder nicht.«

»Ausgenommen Sie natürlich, oder?«

Ich gab keine Antwort mehr, warum auch. Ich machte mir keine Illusionen. Egal, wie alles enden würde, die Bullen konnte ich in Zukunft abschreiben. Jedenfalls als Freunde und Helfer! Die würden ab jetzt und für alle Zeiten gegen mich sein, würden mir ein Bein stellen, wo immer es ging. Würden eher einen Kometeneinschlag erfinden, als auf einen Hilferuf von mir zu reagieren.

Bachmaier persönlich geleitete mich in mein neues Domizil, in ein schmales, fensterloses Kabuff von etwa sechs Quadratmetern Größe. Ausgestattet mit einer Feldpritsche, einer Toilettenschüssel, einem Waschbecken ohne Spiegel und einem Holzstuhl. An der Decke flimmerte eine Neonröhre. Es roch penetrant nach einem Desinfektionsmittel.

»Nicht sehr komfortabel«, sagte der Staatsanwalt, »aber hier sind Sie garantiert ungestört. Wenn Sie was brauchen, rufen Sie einfach oder gehen nach vorne in die Wachstube. Und selbstverständlich können Sie jederzeit wieder rausspazieren . . .«

»Mal sehen.«

»Einverstanden, wenn ich Sie zum Abendessen abhole?«

Ich nickte nur. Eine junge Beamtin in Uniform kam herein, zwei kratzige Wolldecken auf dem Arm, eine Flasche Mineralwasser in der Hand.

»Also, dann bis später . . .« Bachmaier verzog sich, die Beamtin musterte mich neugierig. Freiwillige Gäste waren wohl eher die Ausnahme hier unten. Ich stellte meine Tasche auf dem Stuhl ab, zog Lederjacke und Schuhe aus, legte mich auf die Pritsche und deckte mich zu. Zum Glück hatte ich nie ein Problem damit, in ungewohnter Umgebung einzuschlafen. Als ich aufwachte, war es gleich fünf und ich war durstig und verschwitzt. Ich trank die halbe Flasche leer und fragte mich, ob ich jemals wieder ein halbwegs normales Leben führen könnte. Der Job als Privatdetektivin erschien mir plötzlich als beendet. Privatdetektive, ob nun berühmt oder berüchtigt, waren ein Unding. Der einzige Ausweg wäre, eine eigene Agentur aufzumachen, Organisationsarbeit zu verrichten.

Die Beamtin schaute zur Tür herein, riß mich aus meinen düsteren Betrachtungen.

»Entschuldigen Sie«, sagte sie. »Aber da ist eine junge Dame, die Sie gerne sprechen würde. Sie kommt gerade vom Staatsanwalt . . .«

»Madeleine?« fragte ich.

Die Beamtin schüttelte den Kopf. »Ihr Name ist Hochberger, Anna-Maria Hochberger.«

Anna-Maria, Ulrichs Tochter! Die hatte ich ganz vergessen. Dabei war sie die eigentliche Hauptperson, falls Edwin nicht gelogen hatte, der Auslöser für diesen ganzen Wahnsinn. Und garantiert nicht gut zu sprechen auf mich. Also was wollte sie hier?

Ich nickte. »Ist okay, schicken Sie sie rein.«

Anna-Maria trug ein schwarzes, knielanges Baumwollkleid, darüber eine schwarze Regenjacke. Ihr blondes Haar hatte sie unter einem ebenfalls schwarzen Käppi versteckt. Ihre Augen waren gerötet, aber längst nicht mehr so wutentbrannt wie bei unserem letzten Treffen. Sie blieb an der Tür stehen und blickte erst mich an, dann das Inventar der Zelle.

»Wenn Sie jetzt sagen, nett haben Sie es hier, verlange ich beim nächsten Mal Eintritt«, sagte ich.

Sie war irritiert. »Dieser Staatsanwalt sagte aber, Sie wären freiwillig hier, wegen der Presse und so . . . ?«

»War nur ein Scherz. Und Sie?«

Sie rang sich ein Lächeln ab. »Hinter mir sind Sie auch her«, erwiderte sie. »Ich bin zu einer Freundin, aber . . .« Sie stockte, blickte mich ratlos an. Dann: »Ich glaube, ich hab Ihnen Unrecht getan.«

»Vergessen Sie es . . .«

»Es ist nur so, dieser Staatsanwalt hat so eine Bemerkung gemacht, daß die zwei, also Marion und dieser andere . . .« Sie brach erneut ab.

»Edwin«, half ich ihr weiter. »Sein Name war Edwin Alberti.«

Sie nickte. »Ja, genau . . . Also, daß Marion und dieser Alberti sich das alles nur ausgedacht haben, um mich abzulenken. Damit ich das Verschwinden meines Vaters akzeptiere und keine Fragen stelle.«

»Vielleicht, vielleicht auch nicht, wer kann das im nachhinein schon sagen.« Ich deutete auf den Stuhl. »Setzen Sie sich doch.« Gleichzeitig sank ich auf meine Pritsche zurück. »Aber wenn es Ihnen ein Trost ist, so sind Sie vermutlich die einzige, die Marion wirklich gefürchtet hat.«

Anna-Maria nahm umständlich Platz, ihr Käppi nun in der Hand. »Meinen Vater hätte sie aber so oder so umgebracht, oder?« fragte sie nach einer Pause.

»Ich fürchte ja . . .«

Anna-Maria sah mich lange an. »Sie haben meinen Vater nie kennengelernt, ich meine so richtig . . . Es war nur diese Frau, da bin ich absolut sicher.«

Ich nickte. »Ich denke auch, daß sie die treibende Kraft war«, sagte ich. »Sie haben ja selbst miterlebt, mit welcher Raffinesse sie mich reingelegt hat. Ich bin ihr voll auf den Leim gegangen. Und Ihrem Vater dürfte es ebenso ergangen sein.« Wobei ich aber überzeugt war, daß sich mit Marion und Ulrich die zwei Richtigen getroffen hatten. Marion war nur noch gieriger gewesen, noch skrupelloser. Aber warum sollte ich Anna-Maria auch noch damit belasten, die einzige Lichtgestalt in diesem Drama.

»Diese Frau hat jeden überfahren, der ihren Weg gekreuzt hat«, sagte ich. »Und zwar absichtlich . . . Aber solche Dinge passieren nun mal. Sie müssen jetzt vor rallem nach vorne schauen. Behalten Sie Ihren Vater so in Erinnerung, wie er zu Ihnen war. Für alles andere hat er bezahlt.«

Sie stand auf, wischte sich ein paar Tränen aus den Augen. »Ich wollte Ihnen nur sagen, daß ich auf Ihrer Seite bin . . .«

Das war mehr, als ich erwartet hatte. Ich war gerührt. Ich stand ebenfalls auf und schloß sie in die Arme. Fast bedauerte ich meinen »Erfolg«. Denn was immer mit mir geschehen würde, es war läppisch im Vergleich zu der Last, mit der sich dieses Mädchen ab nun herumplagen mußte.

48.

Bachmaier behielt recht: Marion, wieder ansprechbar, schwieg eisern zu allen Anschuldigungen. Sicherlich auch auf Anraten ihrer Anwälte, denn das Beweismaterial gegen die Frau war einfach erdrückend. Von den Unmengen an Indizien gar nicht zu reden. Egal, was sie sagte, es würde nur zu ihrem Nachteil sein. Ein- bis sechsmal lebenslänglich, auf das würde es wohl hinauslaufen. Soweit also nichts Neues, aber in punkto Lösegeld gab es am vierten Tag neue, dramatische Entwicklungen. Was auch der Grund war, weswegen Bachmaier mich kurz nach vierzehn Uhr im Hotel abholte, diesmal sogar mit Chauffeur. Allerdings wußte ich nicht viel mehr, als daß unser Ziel ein Moorgebiet zwischen Waging am See und Teisendorf sein würde. Und daß wir nicht Heidekraut pflücken wollten, sondern möglicherweise achtzehn Millionen Bargeld bergen könnten.

»Also dieser Landwirt hat sie gesehen?« fragte ich. »Und wann genau war das?«

»Etwa um achtzehn Uhr vierzig. Auf keinen Fall später als fünfundvierzig, weil er sich da angeblich immer die Nachrichten im Bayerischen Fernsehen anschaut. Und da war er schon zu Hause.«

»Also gut fünf Stunden vor unserem Treffen. Könnte hinkommen . . .«

»Er hat sich natürlich nichts gedacht dabei, ist ja ein Naturschutzgebiet und eine beliebte Gegend zum Wandern. Auch wenn's dafür schon ein bißchen spät war.«

»Aber dann hat er sie im Fernsehen gesehen, von dem versteckten Lösegeld gehört, und zwei und zwei zusammengezählt . . .«

»Genau.«

»Und was ist dann schiefgelaufen, wenn ich das mal so formulieren darf?«

»Nun, wie nicht anders zu erwarten, hat er zunächst mal versucht, auf eigene Faust fündig zu werden. Soviel ich erfahren hab, ist das fragliche Gebiet ja nur ein paar Quadratkilometer groß und nur etwa zur Hälfte mit Wald bedeckt. Und wenn man dann noch glaubt, einen Blick dafür zu haben ... Aber er hat seine Frau eingeweiht, und das war sein Fehler.« Bachmaier machte eine Pause.

»Er hat doch nicht ... ?«

Bachmaier winkte ab. »Nein, nein, zu Mord und Totschlag ist es nicht gekommen, noch nicht, aber die gute Frau konnte es nicht für sich behalten und hat ihrem Bruder davon erzählt, der gleich im nächsten Dorf wohnt. Und der ist dann sofort mit seinen beiden Söhnen und der Schwiegertochter angerückt. Tja, und wie das so geht, wußte einen Tag später, also gestern, dann die ganze Gegend Bescheid. Und seit heute morgen nun ist jeder Eigentümer samt Verwandtschaft dabei, seinen Wald umzupflügen. Und da alles in ziemlich kleine Parzellen aufgeteilt ist, oft nicht mal einen halben Hektar groß, können Sie sich den Andrang vorstellen.«

»Hört sich nach einem richtigen Goldrausch an?«

Bachmaier nickte. »Genauso ist es. Alle stecken ihren Claim ab und buddeln los. Es sollen jedenfalls schon Dutzende von Löchern gegraben worden sein.«

»Und da kann man nichts dagegen machen?«

»Wie denn? Den Wald absperren? Hinter jeden Baum einen Polizisten stellen? ... Na ja, wir werden sehen. Und bei Ihnen? Ich muß sagen, Sie haben sich blendend erholt.«

»Alles bestens, danke.« Der Bartokclan hatte Tante Agnes und mir im besten Hotel der Stadt eine Suite zur Verfügung gestellt, wo wir zusätzlich von den Mitarbeitern einer privaten Sicherheitsfirma abgeschirmt wurden. Vielleicht nicht ganz so hermetisch wie Michael Jackson, aber es reichte, wir blieben unbehelligt. Um den Hof kümmerte sich vorerst ein Nachbar, unterstützt von einer meiner Nichten.

»Aber ist es nicht merkwürdig, daß die so weit von München entfernt ihr Geld versteckt haben sollen?« fragte ich dann.

»Ach ja, das hätte ich beinahe vergessen: Ulrich und Marion waren schon mal tätig in dieser Gegend.«

»Was?«

»Sie haben vierundachtzig ein Bauernhaus dort gekauft, irgendwo südlich vom Waginger See, der Name der Ortschaft ist mir jetzt entfallen. Auf Leibrente, um genau zu sein. Für einen Spottpreis.«

»Jetzt sagen Sie nicht ...«

»Doch. Etwa ein Jahr nach dem Kauf ist der Ex-Besitzer, ein schwer zuckerkranker Mann Anfang fünfzig, die Treppe runtergestürzt. Aber da zum fraglichen Zeitpunkt sonst niemand im Haus war und auch keine Spuren zu finden waren, die Fremdeinwirkung angezeigt hätten, blieb es offiziell ein Unfall. Auch wenn es natürlich jede Menge Gerüchte gab. Wieder ein Jahr später haben sie den Hof dann verkauft. Reingewinn circa eine halbe Million ... Und da sind sie wohl auf den Geschmack gekommen.«

»Großer Gott, das wird ja immer schlimmer.«

»Tja, wenn man den Teufel einlädt, bringt er meist auch gleich die Hölle mit ... Apropos Hölle. Schon einen Titel für Ihr Buch ausgesucht?« fragte Bachmaier dann unvermittelt. »Oder wollen Sie etwa kein Buch über Ihre wahrhaft höllischen Erlebnisse schreiben?«

»Sollte ich ... ?«

»Jedenfalls hab ich gehört, Sie hatten Besuch von einem Verleger ...«

»Mal sehen, wie der Prozess ausgeht. Vielleicht muß ich ja doch ins Gefängnis, dann wär's eine gute Beschäftigung dort. Aber bis dahin hab ich andere Sorgen.«

»Wie wäre es denn mit: Die eine sitzt, die andere singt?«

Ich blickte Bachmaier böse an. »Das klingt so, als wäre ich ein Verräter. Oder schlimmer noch, als wäre ich ihre Komplizin gewesen.«

»Ähhh, ja, tut mir leid ...« Der Staatsanwalt blickte nach vorne zum Fenster hinaus, wo eben die Senke mit dem Waginger See in Sicht kam. Der Anblick des Sees weckte wehmütige Erinnerungen in mir. Dort unten hatte ich nicht nur meinen ersten Joint geraucht und die ersten politischen Diskussionen geführt, nein, ich hatte mich auch noch unsterblich in einen Gymnasiasten aus Traunstein verliebt. Leider flog der Knabe schon ein paar Monate später wegen Drogenbesitzes von der Schule und entschwand auch gleich nach Berlin, um der drohenden Einberufung zum Wehrdienst zu entgehen. Aber wie heißt es so schön: First love never dies.

»Ist verdammt mühsam, im Wald ein Loch zu graben«, sagte ich dann, mehr zu mir selbst. »Das ganze Wurzelzeug macht einen verrückt.«

»Im Freien werden sie es aber bestimmt auch nicht vergraben haben«, wandte Bachmaier ein.

»Aber selbst wenn da wirklich einer fündig werden sollte, wie will er das denn geheimhalten, bei diesem Auflauf? Da schaut doch jeder zugleich, was der andere anstellt.«

»Natürlich, aber er könnte sich sehr wahrscheinlich Finderlohn erstreiten. Oder einen Teil der Belohnung.« Bachmaier blickte mich forschend an. »Dann wären Sie wohl die Leidtragende, fürchte ich.«

»Ich bin nicht scharf auf das Geld, das können Sie mir glauben.«

Bachmaier hatte nicht übertrieben. Je näher wir dem besagten Gebiet kamen, desto umtriebiger wurde es. Überall am Waldrand waren Autos geparkt, liefen Männer, Frauen, Kinder und Hunde umher. Wobei kaum zu unterscheiden war, wer nun aktiv auf der Suche oder wer nur Zuschauer war. Sogar Autos mit Salzburger Kennzeichen standen da.

Unser Chauffeur stoppte hinter einem neben der Straße abgestellten Streifenwagen. Am Wagen standen zwei Beamte in Uniform, die im Augenblick aber nur zuguckten. Einer der beiden hantierte mit einem Fotoapparat.

»Na schön, dann wollen wir uns die Bescherung mal aus der Nähe ansehen«, sagte Bachmaier und stieg aus. Ich zögerte kurz, legte keinen Wert darauf, erkannt und entsprechend bestürmt zu werden. Mein Nervenkostüm war inzwischen mindestens ebenso löchrig wie der Wald vor uns. Aber da hatte Bachmaier schon meine Tür aufgerissen. »Kommen Sie endlich, so eine Show kriegen Sie nie wieder geboten.«

Also folgte ich Bachmaier zu den beiden Beamten, die gerade in einen Disput mit einem Radfahrer verwickelt waren. Der Radler, normalerweise der Typ Frührentner auf Schwammerlsuche, hatte eine Schaufel und eine Art Machete im Gepäck. Er war wütend, weil er von den Beamten fotografiert worden war.

»Sie haben kein Recht dazu«, maulte er. »Das ist eine öffentliche Straße, und ich hab nichts getan.«

»Aber Sie verstoßen gegen ein Ansuchen von verschiedenen Behörden, dieses Gebiet im Augenblick möglichst zu meiden, um die Tier- und Pflanzenwelt nicht zu stören oder zu beschädigen ...« erwiderte einer der Beamten mit todernster Miene. »Wenn Sie dennoch darauf bestehen, müssen wir das dokumentieren, um Sie für spätere Schäden eventuell haftbar machen zu können.«

»Wollt ihr mich verarschen?«

»Vorsicht, ja ...«

»Und warum macht ihr dann Fotos, aber verlangt nicht meinen Ausweis oder so?«

Der Ärmste hatte immer noch nicht bemerkt, daß er

veralbert wurde. Augenscheinlich war es die Taktik der Polizei, erst mal nur zu beobachten und allzu Eifrige zu verunsichern. Schließlich konnte sich dieser Spuk noch über Tage oder gar Wochen hinziehen, warum also Kräfte vergeuden.

Der Radler strampelte weiter, seinem vermutlich letzten Abenteuer entgegen. Bachmaier stellte sich vor, fragte nach dem Einsatzleiter. Der war gerade auf der anderen Seite vom Moor, und so dauerte es fast eine halbe Stunde, bis wir an der Stelle standen, wo der bewußte Landwirt die verhängnisvolle Beobachtung gemacht hatte. Leider war der gute Mann selbst nicht mehr greifbar; er lag seit dem Morgen mit Verdacht auf einen Herzinfarkt im Traunsteiner Krankenhaus.

Der Einsatzleiter wies uns anhand einer Wanderkarte ein. »Also, wenn sie den Weg hier rechts rein genommen hat, kommt sie erst nach Maria Tann, das ist eine kleine Wallfahrtskapelle, und dann zur Bahnlinie München-Salzburg, wo das Moor endet. Alles in allem etwa drei Kilometer und mit einem Pkw gut befahrbar. Auf beiden Seiten ist fast durchgehend Wald, dazu kommt rechterhand noch ein kleines Tal mit steil abfallenden Hängen und einem kleinen Bach ... Wenn Sie mich fragen, die optimale Umgebung.«

»Vielleicht hat sie das Geld sogar im Bachbett vergraben, so wie seinerzeit dieser Gotenstamm den Schatz des Alarich im Busento ...« sagte Bachmaier.

Ich deutete auf die Karte. »Und dieser Weg hier, wohin führt der?«

»Der endet in einer Sackgasse, ungefähr sechs- bis siebenhundert Meter von hier, an einer Kälberweide. Dann kommen Sie nur noch mit einem Traktor weiter ...«

Das Wort »Kälber« elektrisierte mich. Meine Güte, genau das war's, was mir an Marions Geruch in jener Nacht so unpassend und gleichzeitig doch so vertraut vorgekommen war. Und dafür gab es eigentlich nur eine einzige plausible Erklärung: sie mußte sich über längere Zeit in unmittelbarer Nähe der Viecher aufgehalten haben. Nur davon konnte dieses spezielle Aroma herrühren.

»Was meinen Sie denn?« fragte mich Bachmaier. »So als Kind vom Lande ...«

»Gehen wir Kälber zählen«, schlug ich vor und marschierte los.

Der Einsatzleiter holte als erster auf. »Da muß ich Sie leider enttäuschen, die sind alle weg«, sagte er.

Ich blieb abrupt stehen, Bachmaier prallte gegen mich. »Was?« japste ich.

»Ausgebrochen«, sagte der Beamte. »Die sind alle ausgebrochen. Irgendeiner von diesen Verrückten hat gestern abend den Zaun eingerissen und über Nacht sind alle raus. Eins ist sogar abgestürzt, mußte notgeschlachtet werden.«

»Aber als die Frau hier war, waren sie alle noch drin?« vergewisserte ich mich.

»Soviel ich weiß, ja ... Was ist denn plötzlich so interessant an diesen Kälbern?«

Ich eilte weiter. »Das kann ich Ihnen erst sagen, wenn ich dort bin«, rief ich dem Einsatzleiter über die Schulter zu. Ich erreichte ein offenstehendes Metallgatter, dahinter erstreckte sich eine kleine, ziemlich sumpfige Waldwiese, mit Stacheldraht eingezäunt und mit einem Schuppen am Waldrand, der wohl als Kälberunterstand diente. Der Boden war übersät mit Klauenabdrücken, die zum Teil knöcheltief und auch noch mit Wasser gefüllt waren. Ich stapfte sofort zum Schuppen weiter. Dort drinnen war der Erdboden eine einzige breiige, eingestampfte Masse. Unmöglich zu sagen, ob hier kürzlich etwas vergraben beziehungsweise wieder ausgegraben worden war. Was ja auch der Sache einen Sinn gab. Der Schuppen war jedenfalls ein optimales Versteck, nur nach Osten hin offen, wo allerdings Dickicht vor neugierigen Blicken schützte. Hier waren keine Zeugen zu befürchten, nicht mal tagsüber. Ich war inzwischen so aufgeregt, daß ich am liebsten mit bloßen Händen losgelegt hätte. Ich sah Marion vor mir, wie sie hier nächtens im Dreck wühlte, von all den Kälbern umringt und begafft. Natürlich hatte sie wie verrückt geschwitzt dabei und so die tierischen Ausdünstungen noch intensiver angenommen. Und sich dann nicht die Zeit genommen, entsprechend lange zu duschen.

»Ich würde es hier drin mal versuchen«, sagte ich zu Bachmaier.

»Könnten Sie uns dafür auch den Grund verraten?« fragte der Einsatzleiter.

»Nur so eine Idee. Aber ich hatte vor kurzem ein ähnliches Problem. Ich meine, eventuell etwas vergraben zu müssen. Und hätte es wohl an genauso einem Ort gemacht.«

»Interessant.« Der Einsatzleiter blickte fragend zu Bachmaier.

»Tun wir der Dame den Gefallen«, sagte Bachmaier. »Sie hat eine Nase für sowas. Und holen Sie Verstärkung ran. Falls wir hier wirklich was finden sollten, möchte ich nachher von diesen Holzköpfen nicht über den Haufen gerannt werden. Wer weiß, wie viele sich von denen hier inzwischen rumtreiben.« Bachmaier blickte mit unbehaglichem Gesichtsausdruck zum Waldrand, wo sich schon zehn oder zwölf Gestalten versammelt hatten.

Also rückten zwei Beamte mit Schaufeln an und gingen ans Werk. Ein paar weitere sicherten den Schuppen. Und noch mehr von ihnen postierten sich entlang des Wegs.

Das erste, auf das sie in etwa einem Meter Tiefe stießen, war eine Leiche, eingewickelt in eine Wolldecke.

Es war Ulrich.

Darunter lag das Geld vergraben, verpackt in vier Reisetaschen, die zusätzlich mehrfach mit wasserdichter Folie umwickelt waren. Soweit auf die Schnelle ersichtlich, vermutlich die ganzen achtzehn Millionen.

Ich hatte das wunderbar befreiende Gefühl, aus einem Albtraum erwacht zu sein.

Epilog

Carl und seine neue Freundin, eine in Santa Fé hängengebliebene deutsche Ex-Lehrerin, holten uns am Flughafen ab. Tante Agnes war noch etwas wacklig auf den Beinen, denn beim Anflug über die Ausläufer der Rocky Mountains waren wir in Turbulenzen geraten und kräftig durchgerüttelt worden. Aber ansonsten hatte sie die fast zwanzigstündige Reise gut überstanden, wie es schien. Es war zwar nicht ihr erster Flug gewesen, aber ihr erster über den Ozean. Denn vor Gewässern gleich welcher Art hatte Agnes einen Heidenrespekt; schon der Königsee war ihr nicht ganz geheuer. Aber auch ihr fiel sofort die wunderbar leichte, trockene Luft auf, die das Klima hier im nördlichen Teil von New Mexico auszeichnete. Luft, die an diesem Dezemberabend nach Schnee roch. Das sagte auch Carl und schlug vor, gleich aufzubrechen, denn bis Chama hoch waren es noch gut zwei Stunden Fahrt.

Agnes nickte bald ein, den Kopf an meine Schulter gelehnt. Noch vor ein paar Wochen hatte ich befürchtet, Hermanns Tod könnte sie aus der Bahn werfen. Wie das häufig bei alten Menschen passiert, denen der langjährige Lebenspartner wegstirbt. Aber Agnes hatte den Verlust tapfer weggesteckt, nur auf dem Hof war es ihr dann plötzlich unheimlich geworden. So ganz allein, mit dem Winter vor der Tür. Trotzdem war ich überrascht gewesen, als sie mir nach Prozeßende vorschlug, doch gemeinsam eine Amerikareise zu unternehmen. Ja, vielleicht sogar länger dort zu bleiben, etwa bei Carl.

Eine Lösung für den Hof war jedenfalls schnell gefunden: Die Kälber und Schafe wurden verkauft, die Wiesen ums Haus verpachtet, die eingelagerten Vorräte an die Nachbarn verteilt. Und ein mit Madeleine befreundeter Schriftsteller, der schon länger so ein abgelegenes Anwesen zu mieten suchte, konnte sich erst mal bis zum Frühjahr dort einquartieren. Dann würde man weitersehen.

»Haben Sie eigentlich damit gerechnet, daß alles so gut ausgehen würde für Sie?« fragte mich Carls Freundin. »Ein Teil der Presse hat Sie ja richtiggehend dämonisiert. Der Kampf zweier Furien . . . Und die Anwälte von dieser Marion Hochberger haben ja auch nichts unversucht gelassen, um Sie zu diskreditieren.«

»Was sollten sie sonst machen?« erwiderte ich. »Blöd wär's nur geworden, schätze ich mal, wenn das Geld verschwunden geblieben wäre. Dann hätten sie mir vielleicht einen Strick draus drehen können. Aber so . . .«

»Claudia, die Kälberfee«, grinste Carl. »Echt genial, deine Spürnase. Jedenfalls sind drei Jahre auf Bewährung wegen Behinderung der polizeilichen Ermittlungen mehr als super.«

»Stimmt das, daß auch ein Film über die Geschichte gedreht werden soll?« fragte die Frau weiter.

»Ja. Ich bin sogar gefragt worden, ob ich am Drehbuch mitschreiben möchte . . .«

»Und?«

»Bloß nicht. So kann ich nachher immer behaupten, von nichts gewußt zu haben.«

Kurz hinter Santa Fé klatschten dann die ersten Schneeflocken gegen die Frontscheibe. Ich dachte an die kommenden Wochen, an die Zeit bis Weihnachten. Carl hatte mir erzählt, daß sie an einem besonders schönen Tag dann immer in die San Juan Mountains hinauffahren würden, um Christbäume zu holen. Über den Rio Brazos und abseits gelegene Wege hoch zu silbrigblauen Wäldern. Mit Zwischenstation an einem der Indianerpueblos, wo die Zeit stehengeblieben war. Wo die Menschen wie schon vor Hunderten von Jahren nur um ihre Ernte und ihr Vieh besorgt waren. Zurück dann bei Nacht, wenn die Sterne so klar und nah am Himmel stehen, daß man meint, sie mit Händen greifen zu können. Vorbei am Lagerfeuer eines Schafhirten, der seine Herde im Schutz eines Tals untergebracht hat. Im Grunde war's gar keine Reise, was wir da unternahmen. Es war mehr eine Art Heimkehr. Vielleicht nicht gerade nach Bethlehem, aber doch zu einem gewissen Frieden im Herzen.

Wolfgang Schweiger, geboren 1951 in Traunstein / Oberbayern, lebt als Autor zahlreicher Kriminalromane in der Nähe vom Waginger See. Im Haffmans Verlag erschienen: *Eine Sache unter Freunden, Spiel der Verlierer, Abschied in der Nacht.*

Alle lesen Nackt

David Sedaris NACKT Deutsch von Harry Rowohlt

»Ein Überraschungserfolg! Absolut **hitverdächtig!**« *Aspekte / ZDF*

»Sedaris erweist sich als **großes komisches Talent** – das kann man in Deutschland gut brauchen.« *Nürnberger Zeitung*

»Übertrifft die Absonderlichkeiten eines John Irving, ähnelt eher den Kühnheiten eines Julian Barnes oder Stephen Fry und ist von **erlesener Seltenheit.**« *Frankfurter Neue Presse*

»So weit ist der hier Pate stehende Philip Roth selten gegangen.« *Standard*

»**Hinreißende Phantasie** und präziser Witz ... sie machen diese autobiographischen Erzählungen zu einem Leseerlebnis.« *NDR*

»Scharf wie ein frisch gewetztes Messer und abenteuerlicher als jede Wildwasserfahrt.« *Brigitte*

»Sensationell.« *Kieler Nachrichten*

»Ein Vergnügen.« *Die Woche*

»Ein Schelmenroman, **auf bestechende Weise geschrieben.**« *Frankfurter Rundschau*

»**Lese-Lust** für Liebhaber saftiger Sarkasmen.« *Der Spiegel*

»Das tiefste Geheimnis dieser Komik liegt in einer Menschenliebe, die sich verbirgt, um nicht rührselig zu werden.« *Die Welt*

»Umwerfend komisch.« *Leipziger Volkszeitung*

»Hier stimmt einfach **alles.**« *Münchner*